英《えい》国《こく》妖《よう》異《い》譚《たん》

第一章　百物語の晩

1

明かりを落とした古い応接室《ドローイングルーム》。

木枠の窓から差し込む淡い月の光が、壁の羽目板《はめいた》の縁《ふち》に刻まれた蔓草《つるくさ》の文様《もんよう》にわずかな陰影をつける。

その壁に、先刻から人影が右に左に揺れ動きながら映っている。

部屋の中央に置かれた重厚な円卓。チッペンデールの手になるマホガニーの円卓の上では、いま三本の蠟燭《ろうそく》に火が灯《とも》されて、集《つど》う人間の顔をほんのりと赤く染め上げていた。

そのうちの一人が、身を乗り出して人々に何かを語り聞かせている。

「……次の晩、彼女が一人でそこに行ってみると、」

話し手であるヒュー・アダムスは、そこでひと呼吸おき、固唾《かたず》を呑《の》んでいるみんなの顔

英国妖異譚

篠原美季

white
heart

講談社X文庫

目次

第一章　百物語の晩――8
第二章　過去からの訪問者――54
第三章　魔女の呼び声――99
第四章　時の楔《くさび》――160
第五章　水に映る影――208
終章――254
あとがき――260

「英国妖異譚」
キャラクター紹介
エーリック・グレイ（17）
英国大貴族の後継。ヴィクトリア寮《ハウス》寮長。
シモン・ド・ベルジュ（16）
フランスの伯爵《はくしゃく》家《け》の貴公子。ユウリの守護者。
コリン・アシュレイ（17）
怪しい噂の絶えないオカルト好きの〝魔術師〟。
ユウリ（悠里）・フォーダム（16）
在《あ》らざるものが見える〝東洋の真珠〟。
VICTORIA HOUSE

ジャック・パスカル(16)
分厚い眼鏡の勤勉家。
ティム・ラントン(16)
赤毛の英国中産階級《ジエントリー》の御曹司《おんぞうし》。
イワン・ウラジーミル(16)
皮肉屋のロシア系移民。
マイケル・サンダース(15)
亜麻色《あまいろ》の髪の美少年。ヒューの一つ下の恋人。
ヒュー・アダムス(16)
階代表《ステアマスター》の一人。上院議員の息子。
St.RAFFAELLO

イラストレーション／かわい千草

を見渡した。十分に間を取ってからゆっくりと先を続ける。

「男の首だけが、棺《ひつぎ》の上に転がっていたそうだ」

彼は話に合わせて、手で自分の首を刎《は》ねる真似《まね》をした。

とたん。

「ジーザス」

「オーマイゴッド」

息を抜いた聴衆から、いっせいに神の慈悲を乞《こ》う呟《つぶや》きが漏《も》れる。

話し終えたヒューは、周囲の反応に満足そうな表情を浮かべると、近くにあった蠟燭《ろうそく》の火を吹き消した。

ふっと。

闇《やみ》の領域が広がる。

（ああ、また来た――――）

濃い闇に溶ける黒髪の少年、日本人の血を引くユウリ・フォーダムは、テーブルの上で組んだ手に力をこめた。軽く目を伏せて周囲を見やり、諦《あきら》めたように小さく息を吐《つ》く。

（だから、言ったのに）

いまさらとはいえ、気が滅入《めい》る。

「ユウリ、大丈夫《ケスクヴーザヴェ》かい？」

知らず目頭《めがしら》を押さえていたユウリに、隣の席にいたフランス人のシモン・ド・ベルジュが、物柔らかな母国語で声をかけてきた。小声であったにもかかわらず、耳ざとく聞きつけたヒューが、からかうように言う。

「なんだ、ユウリ。言い出した本人が、怖いのか？」

貴族趣味らしいジャポニズムに傾倒しているヒュー・アダムスは、昔から何かにつけてユウリをからかう。親しみの裏返しのような高慢でニヒルな笑いを浮かべるヒューに、ユウリはいつもと同じくあっさりと応じる。

「怖いよ」

それから煙《けぶ》るような深い闇色《やみいろ》の瞳《ひとみ》で、まっすぐに相手を見つめ返す。

「ヒューは、怖くないの？」

そう言ってからふっと泳がせたユウリの視線を無意識に追ったヒューは、そこでぎくりと身体《からだ》を強張《こわば》らせる。

テーブルを囲む闇は、濃い。

蠟燭《ろうそく》のわずかな明かりでぼやけた家具の輪郭《りんかく》が、ぐらりと揺れて動き出すように見えた。視線を戻せば、足元の暗がりに何かいるような気がして、ヒューは鳥肌《とりはだ》の立った腕をそっとさすった。

その様子をじっと観察していたシモンは、もの問いたげな視線をユウリに向けた。

ユウリから聞いた話によると、彼の両親は、大学教授である父親のレイモンドが、若い頃に留学していた日本で、ホームステイ先の家の娘と親しくなり結婚した。日本の農村文化を研究する父親の意向で、そのまま日本にいついてしまったフォーダム一家ではあったが、ある年、ユウリの祖父にあたる先の子爵《ししゃく》が亡《な》くなったため、後継者のレイモンドが帰国せざるをえなくなった。

当時まだ小学生だったユウリは、ロンドンに居を移した両親のもとで、プレップスクールと公立学校に通ったが、やがて両親が、今度は熱帯地方で農業開発の研究に携《たずさ》わると言い出したため、ついに親元を離れて全寮制のセント・ラファエロに転入することにしたのだ。

それが二年前のことである。

転入初日に知り合って以来、シモンは常にユウリのそばにいたが、二年経《た》ったいまでも、ユウリはどこか謎《なぞ》めいてみえるようだ。黒絹の髪に漆黒《しっこく》の瞳《ひとみ》。東洋の真珠とあだ名されるユウリの神秘的な横顔は、いまも円卓を包む闇《やみ》へ向けられている。あたかもそこに何かがいるように——。

ここは、イギリス西南部。

ウィルトシャーにほど近いなだらかな丘陵地帯に建つセント・ラファエロは、湖を丸ごと抱えた広大な敷地を有するパブリックスクールである。ただし従来の伝統を重んじるパブリックスクールとは異なり、因習《いんしゆう》にとらわれない自由な校風を掲《かか》げている。

かつてこの州一帯に君臨した伯爵家《はくしやくけ》の城を改築して造られ、主人の居城であったバロック建築の威風堂々とした校舎もさることながら、敷地内に散らばるボートハウスやクラブハウス、図書館、学生会館、さらに眼鏡橋《めがねばし》のかかる渓流《けいりゆう》をはさんで向かいに並ぶ「ハウス」と呼ばれる寮なども、一見《いつけん》の価値がある建物ばかりである。

その中でも最西にあるヴィクトリア寮《ハウス》の応接室では、円卓を囲んでの怪談話に花が咲いている最中であった。

事の発端は、ユウリの発言にある。

夏の風物詩というテーマでの討論会でユウリが取り上げた日本の百物語が、幽霊好きの英国人に気に入られ、当然の成りゆきとして、試してみようではないかというほうに話が向いたのだ。ユウリは反対したのだが、暇《ひま》を持て余す彼らの興味を押しとどめるだけの力にはならなかった。

そして、月の明るい今夜。

時間的な配慮から、一本を十本に見立てて十本の蠟燭《ろうそく》に火を灯《とも》し、十人の語り手による簡略《かんりやく》百物語が催《もよお》されることになった。集《つど》っているのは、ユウリ、シモンを始め、英国貴族のヒュー・アダムスや赤毛のティム・ラントン、分厚い眼鏡をかけた勤勉家のジャック・パスカルといった同じ第三学年《フィフスフォーム》、つまりほかの伝統校と同じく十三歳入学で第一学

年がサードフォームから始まる三年目にあたる学年、に属する仲間たちである。

そして、ヒュー・アダムスが話したところで八人目が終了し、蠟燭はあと二本を残すのみとなる。

暗さを増した部屋の中。

一つ。

また一つと。

蠟燭《ろうそく》が消えていくたびに、増える闇《やみ》。

蠟燭の炎を螺旋状《らせんじょう》に駆け上がっては降りてくる炎の蜥蜴《サラマンドラ》。

円卓の縁《ふち》から顔を覗《のぞ》かせているのは、おそらく小妖精《ドワーフ》か小人族《ホブゴブリン》だろう。

水を滴《したた》らせた水妖精《ヴァッセルマン》もいる。

闇に潜む影たち。彼らは、こういう話に惹《ひ》かれて集まってくる。

魅入《みい》られたように暗がりを見つめるユウリの前に、シモンの手がすっと伸びた。

「いいかい《エクスキュウゼモア》」

突然視界を遮《さえぎ》られたユウリは、我に返って目を上げた。

淡い金髪を片手で梳《す》き上《あ》げたシモンが優雅に話を促《うなが》す。

「次は、君の番だよ」

欧州で絶大な勢力を誇《ほこ》る事業家のベルジュ伯爵家《はくしゃくけ》。その直系であるシモンは、生まれ育ちに違《たが》わぬ気品と鷹揚《おうよう》さを兼ね備えた人物だった。

塑像《そぞう》のように整った顔。調和のとれた四肢《しし》が生み出す優雅な振る舞いや仕草《しぐさ》に加え、頭の良さを感じさせる控えめで整然とした話術など、どれをとっても貴公子の名に値する。

同年代とは思えないほどしっかりしているシモンを、ユウリなどは何かにつけ頼りにしてしまうのである。

そのシモンの言葉に従い、ユウリは改めて周囲の暗がりに視線を投げる。

集まってきているのは、どうやら野辺《のべ》の精霊たちといった感じだ。古来より妖精の王国として名高いこの地ならではの風情《ふぜい》といえよう。とはいえ、彼らはどんなことに腹を立てるかわからないし、刺激しないに越したことはない。

ユウリは無難なところで、故国の幽霊譚《ゆうれいたん》を披露《ひろう》することに決めた。

「ある夏の午後、友達が数人で海へ遊びにいったんだ」

揺れる蠟燭《ろうそく》の明かりの下、ユウリの凛《りん》と透き通った声が静かに響く。一同は、黙って彼の話に耳を傾けた。

「その日は、よく晴れ渡った青い空にわき立つ入道雲が目に眩《まぶ》しい夏の日だった。

海は、浅瀬が広くて海水浴には最適だったのだけれど、沖合いに突き出た断崖《だんがい》の周辺だけは、昔から水難が多いというので遊泳禁止になっていた」

ふいに水妖精《ヴァッセルマン》が、つつつっとユウリの足元に寄った。

ひやりとした感触に、彼は一瞬言葉を呑《の》み込《こ》んだが、見上げる瞳《ひとみ》に好奇心旺盛《おうせい》な輝きを見て取り、ほっと息を吐《つ》く。

肩に上った小妖精《ドワーフ》を無造作に払ってから、先を続けた。

「ところが、無鉄砲な若者にありがちな過《あやま》ちというか、浅はかな見栄《みえ》で、誰からともなくその断崖《だんがい》から度胸試しの飛び込みをやろうということになった……」

飛び込む青年。成功した矢先、何かに引っ張られるように溺《おぼ》れた彼を助けようとした友人。しかし夏の惨事は、無情にも彼らの命を奪い去っていく。

そして月日は流れ、再び集《つど》った彼らのあいだで昔の事件のことが話題になる。そこに、仲間の一人が青白い顔で、一枚の写真を差し出した。

いままで誰にも見せられなかったという、当時の写真には――――。

ユウリの淡々とした声が、途切れた。

誰が身じろぎしたのか、蠟燭《ろうそく》の炎があおられたように揺らめく。

「それで、その写真には何が写っていたんだ？」

かすれた低い声で、シモンが尋《たず》ねた。

「写真には……」

応じるユウリの声も低い。

「波間の彼を包み込むように、血に染まった深紅《しんく》の海と、犠牲者を求めて突き出された何百という腕が写っていたそうだよ」

しんと、静まり返る友人たち。誰も反応しないまま、沈黙が続く。「これは失敗したかな」と、ユウリが内心舌を出していると、

「ジーザス」

誰かが声をあげて腕をさすった。

「それって、おっかなすぎだよ」

「ホント。鳥肌《とりはだ》が立っちまった」

シモンですら鼻白んでいるのを見て、ユウリはほっとする。足元を見やれば、ユウリの膝頭《ひざがしら》に手をついていたはずの水妖精《ヴァッセルマン》が、つるんとした丸い頭で目蓋《まぶた》のない丸い目を見開いてほっぺたを両手で押さえるように絶句している。「ムンクの叫び」を髣髴《ほうふつ》させる無言の雄叫《おたけ》びに、ユウリは笑いそうになった。

やっと肩の荷が下りて、軽くなった気持ちで自分の前の蠟燭《ろうそく》を吹き消した。

「最後は、僕だね」

入れ替わるように、シモンが立ち上がる。

残る蠟燭は一本。

仄《ほの》かな明かりが照らす範囲は、限られている。

長身のシモンが立つと、胸から上はほとんど暗がりに溶けて見えなくなった。顔無き人

間の話し声は、とても不気味で幻想的だ。

万事においてそつのないシモンのことである。もちろん、演出のうちだろう。

「この学校にある湖のことは、当然みんなも知っているよね」

シモンは、話しながら席を離れて、椅子《いす》の後ろを歩き始めた。

コツ、コツ、コツ。

彼の足音が、やけに大きく響く。

「この前、図書館で、僕は偶然にもある古い文献を見つけたんだ」

セント・ラファエロの図書館は、この地の領主だったレント伯爵家《はくしゃくけ》に伝わる文献をそのまま引き継いでいるため、古書の宝庫だ。専属の司書がいるとはいえ、整理しきれない文献が、書架のあちこちに散乱しているのが現状である。

「その中に一つ、あの湖に関する忌《い》まわしい伝説が記してあった」

シモンが甘く柔らかな声で淡々と話を進めていく。自分たちのいる場所にまつわる過去の因縁話《いんねんばなし》。それはやけに真実味を帯びていて、仲間のうちには、こわごわと後ろを気にする者もいた。

「かつてあの湖には、『貴婦人』と呼ばれる妖精が住んでいた。彼女は、それはそれは美しい女性の姿で、旅人の前に姿を現すんだ」

シモンの流暢《りゅうちょう》な英語に乗せられて始まった話に、ユウリはいとも簡単に同調《シンクロ》した。

ひたひたと波打つ湖。

咲き乱れる花々の甘い香り。

机も蠟燭《ろうそく》も仲間の顔も消え失せて、ユウリは中世の森の中に遊んでいた。

「さて、ここにジャックという一人の若者がいた。彼は、たぐいまれなる美貌《びぼう》の持ち主。長身痩軀《そうく》はすらりと気品に満ち、額に落ちる髪は太陽を浴びて黄金色にきらめく。瞳《ひとみ》は五月の萌《も》えいずる若葉よりも明るい鮮緑色《エメラルド》で、唇《くちびる》は薔薇《ばら》の花びらを映したようにほんのりと色づいていたという」

ユウリの目の前に現れた青年。すらりとした立ち姿の貴公子が、何かに引かれたようにユウリを振り返る。

瞬間、目が合った。

(えっ？)

そのあまりの臨場感に、ユウリは驚いて息を呑《の》んだ。そのあいだも、シモンの話は続いている。

「噂《うわさ》を聞いた領主の娘は、早々に人をやって彼を城に連れてこさせた。そして彼女は瞬《また》く間《ま》に恋の虜《とりこ》となってしまう。城への出入りを許されたジャックは、何度も姫のもとへとやってきた」

物語に引き込まれ非現実的な空間にいたユウリは、ふいに腿《もも》の辺りのズボンを、くいっと引っ張られて現実に引き戻される。

頬杖《ほおづえ》をついていたテーブルから、身体《からだ》を起こす。すると、水妖精《ヴァッセルマン》が目蓋《まぶた》のない目に恐怖の色を浮かべて恐ろしげに首を振っている。不審に思って見回せば、充満していた異《い》形《ぎょう》のものたちが、一つ、また一つと、壁や床の中にすっと消えていくのがわかった。

(これは、いったい……?)

呆然《ぼうぜん》としたユウリは、ふいにぶるっと身を震わせた。剝《む》き出《だ》しの腕に鳥肌《とりはだ》が立っている。

(空気が、冷えた?)

ユウリの動揺をよそに、シモンは話を進めていく。

「そんなある晩、やはり城へ向かう途中、彼は何処《どこ》からか妙《たえ》なる歌声が聞こえてくるのを耳にした。それは、魂が抜け出てしまいそうなくらい心揺さぶられる美しさだった。彼は引き寄せられるように、森の奥へ奥へと足を踏み入れた。

森の中は、今日のように明るい月が、地上を余すところなく照らしている。

木立《こだち》も、草花も――――。

生きとし生けるものすべてが、月の淡く青白い光に包み込まれて、幻想的なまでに美しく見えていた」

ユウリは、震える両手を組み合わせた。首の後ろがちりちりする。何かが起ころうとしているのだ。

その時、ユウリの耳元で囁《ささや》く声がした。

『呼んではならん……』

はっとして辺りを見回すが、そこには暗闇《くらやみ》があるばかりだ。水妖精《ヴァッセルマン》や小人族《ホブゴブリン》などの異《い》形《ぎょう》の気配は、すでに何処《どこ》にも感じられない。

「やがて、彼は湖畔《こはん》に出た。動かぬ湖面は、明るい月を水面《みなも》に宿し、鏡のように静まり返っていた。そして、ついにジャックは出会ってしまったんだ。湖畔に憩《いこ》う一人の乙女《おとめ》。湖の貴婦人が、美しき若者ジャックの訪れを待っていた。

妖精の姿はこのうえなく美しく、妙《たえ》なる歌声に魅入《みい》られたジャックは、誘われるままにその虜《とりこ》となった。

やがて――」

『……呪《のろ》われた名を呼んではいかん……』

再度、響いてきた声。

これは、警告か。

よどみなく続くシモンの話を聞きながら、ユウリの心臓は激しく脈打ち始めた。

「湖畔に、ジャックの無残に変わり果てた肉体が浮かんだ。生き血を吸われ心臓を食われた彼は、もはや屍《しかばね》と化していた。領主の娘は、ショックのあまり、湖に身を投げたそうだ。けれど、もっと恐ろしいのは」

コツ、コツ。

ユウリの右手から左手に、靴音が近づき遠退《とおの》いていく。足の先だけが、わずかな明かりで見えていた。

と――――。

ユウリの正面、机をはさんで反対側からシモンの声がするではないか。

「彼の奪われた魂は、囚《とら》われたまま永遠に彷徨《さまよ》い続けている。ジャック・レーガンに安らぎはなく、夜ごと、新しい肉体を求めて歩き回る。

再び、妖精の歌を耳にするために……」

ユウリはその場に凍りつく。

(シモンが正面にいる？　では、あれは……)

背筋を冷たい汗が流れて落ちた。

(いましがた、後ろを通っていった人物は、いったい)

気の遠くなるような恐ろしさの中で、ユウリはぼんやりと考え続けた。

(あれは、誰?)

「伝えられるところによれば、その妖精の名前は――――」

バタンッ。

シモンの声をかき消す勢いで窓が大きく開き、突風が室内を襲った。

その煽《あお》りで最後の蠟燭《ろうそく》が消され、一瞬のうちに真っ暗な闇《やみ》が辺りを覆《おお》い尽《つ》くした。

「うわっ？」

「な、なんだよ、これ」

突如《とつじょ》起こった異変に、応接室の中はにわかに恐慌状態に陥《おちい》った。

パシッ。

パシッ。

何かが炸裂《さくれつ》する音が重なり、強烈な閃光《せんこう》が暗闇を照らす。

(ラップ音だ)

身体《からだ》を強張《こわば》らせたユウリは、肩に手を置かれて悲鳴を呑《の》み込《こ》む。

「……これで短縮版百物語は終了した」

いつの間に来ていたのか、シモンが椅子《いす》の背越しに囁《ささや》いた。

「さて、鬼が出るか蛇が出るか」

辺りは、一瞬前の出来事が嘘《うそ》のように、静けさを取り戻していた。

押し迫る闇《やみ》。

古い柱時計の音だけが、殷々《いんいん》と規則正しく響いている。ヴィクトリア王朝時代の古びた家具が、部屋のすみずみでひっそりと息を殺しているようだった。

どのくらいその沈黙が続いただろうか。

コン。

コン。

ふいに、扉を叩《たた》く音がした。

居並ぶ連中がびくりと身をすくめたのと、廊下に面した扉が大きく開かれたのは、ほぼ同時だった。

「君たち、何をしているんだ？」

廊下の薄明かりがこの時ほどあかあかと感じられたことは、かつてなかっただろう。

その明かりを背にして立つ影は、一つ。

腰に手を当ててわずかに首を反《そ》らせた男は、生徒自治会の代表でありヴィクトリア寮《ハウス》の寮長でもある下級第四学年《ロウアーシックスフォーム》のエーリック・グレイであった。

規律に厳しい寮長の出現に、室内は水を打ったように静まり返る。夜中だというのに、かっちりと制服を着込んだ彼は、権力の象徴である色のついたチョッキを忘れていない。

それをひととおり見渡して、グレイはイライラした視線をシモンの顔に止めた。

「ベルジュ。消灯時間超過の説明をしてもらえるか？」

2

「それで、階代表《ステアマスター》が御自《おんみずか》ら、降霊会《こうれいかい》に参加していたというわけか？」

グレイが刺々《とげとげ》しい口調で言う。

他の生徒はそれぞれの部屋に帰し、彼らも場所を移して、ヴィクトリア寮《ハウス》内にあるシモンとユウリの部屋に来ていた。階代表とその補佐を務める特権で、二人には西南に面した角部屋があてられている。寝室と仕切られて、ちょっとした応接間がしつらえてあるのは、この階の住人たちの個人的な相談を聞くためである。

寮にはそれぞれ寮監督生がいて、生徒たちの家《ホーム》といえる寮の運営に携《たずさ》わっている。その寮監督生を束ねるのが各寮の寮長であり、寮長は同時に学校運営に携わる生徒自治会の代表を兼ねるのが常である。全員、中等教育修了証書といわれる中等部の卒業試験に合格した第四学年《シックスフォーム》の生徒たちで、各寮の下級生の勉強を監督する上級監督生とともに幹部と呼ばれ、幹部の幾人かがさらに生徒自治会の代表となって学校運営を担《にな》っている。

そして、第三学年《フィフスフォーム》に属するシモンが請け負う階代表とは、それら幹部と一般の生徒をつなぐ橋渡しのような役割である。互いのコミュニケートが上手《うま》くいくように立ち回るのがその主な役目で、当然、次代の幹部候補、代表候補とみなされる人物が任に当たる。

そんなわけで、一般の生徒の部屋は、二つのトイレと洗面台が設置されたロッカールームを共有する二つの部屋にそれぞれ三人ずつ、計六人が同居する形をとっているのに比べると、二人部屋を持つ彼らは破格の待遇を受けていることになるのだ。

これが、生徒自治会の総長はもとより、自治会を運営する代表やさらに上級監督生や寮監督生にさえなれば、ホテル並みの個室が与えられるのだから、特権意識がないようでしっかりと根づいているのだろう。

もっとも大学入学のためのAレベル試験を目指す二年間の第四学年《シックスフォーム》になれば、上級生も下級生もともに別棟の寮で狭《せま》いながらも個室になる。幹部たちのように広さや豪華さを考えなければプライバシーの確保はできるという仕組みになっている。

ともあれ、応接間の質の良いソファーで対峙《たいじ》するグレイとシモンの剣呑《けんのん》な様子に、ユウリは心配そうな視線を向けていた。

降霊会《こうれいかい》と、グレイは言った。そんな大げさなつもりはなかったが、結果的にそうなってしまったようなものだ。

「規則にオカルト関係の遊びを禁じる項目があるのは、知らないわけではないだろう」

詰問《きつもん》口調で、グレイが言う。

「知っていますよ」

「それなら、何故《なぜ》あんなことを」

「何故《なぜ》？」

褐色《かっしょく》の瞳《ひとみ》に苛立《いらだ》たしげな感情をみなぎらせる相手を、シモンは冷ややかに見つめた。

「では伺《うかが》いますが、アルコールの持ち込みは禁止されているはずなのに、自治会や他の幹部たちがことあるごとにりんご酒を振る舞うのは、どういった理由《わけ》なんです？」

青い聡明《そうめい》な瞳を上級生にひたと据《す》えて揺るぎないシモン。

緊迫した時間が流れた。

「せめて時期を考えたまえ」

やがて苦々しげに言ったグレイに、シモンは露骨《ろこつ》に眉《まゆ》をひそめた。

「時期？」

「そうだ。来期の選挙が近いこの時期に、この寮で何か問題でも起きてみろ。私が総長にならなければ、アルフレッド寮《ハウス》のハワードが総長になるぞ。あんな独裁的な成り上がり者に総長をやらせてもいいのか？」

極めて政治的な話を持ち出したグレイに、シモンは憐《あわ》れみすら感じた。このIT革命のご時世に、時代錯誤の権力闘争にいまだにしがみついている人間がいるのだ。

脅《おど》しのつもりが、なんの反応も示さないシモンに業《ごう》を煮やして、グレイはさらに言い募った。

「君だって、こんなことが表沙汰《おもてざた》になったら、幹部にはなれないぞ」

「望むところですね」

　さらりとかわされて、グレイは怒りを爆発させた。

「馬鹿を言うな。だいたい、君たちは卒業試験を目前にして、こんなことに時間を費やしている場合じゃないだろう。違うか、フォーダム？」

「えっ？」

　急に話の矛先《ほこさき》を向けられたユウリは、どぎまぎしながら頷《うなず》いた。

「ええ、まあ、そうです」

　グレイはそれを見ると、勝《か》ち誇《ほこ》ったようにシモンへ視線を戻した。

「フォーダムはああ言っているが、君はどうなんだ？」

「そのことに関しては、べつに異論はないですよ」

　シモンは優雅に肩をすくめて微笑する。

「よろしい。とにかく、今後いっさいオカルト関係の騒ぎはごめんだからな。例の黒魔術の一件以来、学校側も神経質になっているんだ。黒魔術事件のことは、君たちも知っているだろう？」

「もちろん」

　応じたシモンの横で、ユウリは湖畔《こはん》に立つ石造りの廃墟《はいきょ》を思い浮かべた。

　湖の西北にある霊　廟《モーソリアム》。外壁に蔦《つた》の絡《から》まる古い建造物は、出入り禁止になってから久しく、悠久の時間の中に置き去りにされたようにひっそりと息を殺して立っている。こういう建物にありがちな怪異譚《かいいたん》や噂 話《うわさばなし》がまことしやかに囁《ささや》かれ、生徒たちからはひそかに「お化け屋敷《ホーンテッドハウス》」と呼ばれている。

「もともとあの霊 廟《モーソリアム》には喜ばしいとは言いがたい奇怪で陰惨な噂が飛びかい、いたずらに生徒たちの好奇心を刺激していたんだ」

グレイは、それなりに神を敬う気持ちを持っているのだろう。黒魔術のような邪教的なものには、嫌悪感を否《いな》めないらしい。眉《まゆ》をひそめて、窓の外の暗闇《くらやみ》に目を向けた。

二年前、噂の霊廟で悪魔を呼び出そうと黒魔術の儀式を行った生徒たちがいた。彼らは下級生に怪我《けが》を負わせて置き去りにしたのだが、その下級生は一週間ほどして湖で溺死《できし》しているのを発見された。

罪悪感にかられた生徒の一人が懺悔《ざんげ》をしたことで事件は発覚したものの、負傷した少年が何故《なぜ》湖にいたのかは謎《なぞ》のまま、事故死として片づけられた。

「あれ以来、理事会では、黒魔術だのといったオカルト関係の出来事には、ことさら敏感になってしまった。霊廟を新たに封鎖《ふうさ》したのもそのためだ」

グレイは、振り向いてシモンとユウリに言った。

「馬鹿げていると思わないか。そんなことをすれば、生徒たちの好奇心を刺激するだけだというのに、理事会の古惚《ふるぼ》けた頭では、そんなこともわからなくなっている」

グレイは、身振りもまじえて力説する。

「きっとまた、あんな痛ましい事件が起こる。僕が総長になったら、二度と同じ過《あやま》ちを繰り返さないためにも、建物を改築してもっと有効利用すべきだと理事会に提言するつもりだ」

信念の光を瞳《ひとみ》に宿し、少し誇《ほこ》らしげに見えるグレイ。おそらくこれは、グレイが本来もっている正義感の表れなのだろう。

「同感ですね」

どちらかといえば反《アンチ》グレイのシモンも、これにはすんなりと同意する。

「狂信は、時に信じられないほど愚かなことを可能にする」

片手をすっと優雅に動かして論じるシモンは、気位《きぐらい》の高い英国貴族をも魅了する。グレイは嬉《うれ》しそうにシモンを見た。

「ベルジュの支持を得られるとは、心強いかぎりだね」

二人の会話を聞きながら、ユウリは一人、不安な気持ちになった。

(そんなに単純なものだろうか？)

地脈。

水脈。

気の循環。

ユウリは、すっきりしない心で小さく吐息《といき》を漏《も》らす。

「そういうわけで、これにかぎったことでもないのだけれど、ここ当分は、特にこんな軽はずみな騒ぎは控えてもらいたい」

最後は話を戻し、グレイは命令口調で宣告した。

「もちろん、君たちだけでなく、残りの九人にも、ベルジュから厳しく言っておいてくれるとありがたい」

ユウリは、はじかれたように顔を上げた。

（九人？）

その表情には、信じられないことを聞いた驚きがありありと出ている。それもそのはずで、いまここにユウリとシモンがいることを考えれば、あまりにも当然の疑問だった。

それは、単純に引き算の問題だ。

あの部屋には、十人しかいなかった。

それなのに、残りが九人では……。

（一人、多い――――？）

ぞろり、と。

ユウリは、何か得体の知れないものが暗闇《くらやみ》から這《は》い上《あ》がってくるような、そんな厭《いや》な感じがしてならなかった。

3

石造りの壁に、衣擦《きぬず》れの音が響く。くすくすとこもった笑い声に、享楽的《きょうらくてき》な喘《あえ》ぎが重なった。ひそやかな蜜月《みつげつ》の芳香が、時を止めたような古い廟内《びょうない》に立ちこめる。

動と静、生と死の織り成す見事なまでのコントラストが、絡《から》み合《あ》うように建物に息吹《いぶき》を与えていた。

斜めに差し込む月の光が正面に立てかけられた一枚の鏡に吸い込まれていく傍《かたわ》らで、二つの人影が折り重なるようにもつれあっている。

「へえ、百物語か。面白そうだね」

「まあ、それなりにな」

「ベルジュの話は聞きたかったたな」

「ちぇっ。どいつもこいつもベルジュ、ベルジュって。あいつがどれほどのもんだって言うんだよ」

うんざりとしたヒューの口調に、ころりと身体《からだ》をずらして横に並んだ少年が、天井を見上げて笑う。彼の名はマイケル・サンダース。ヒュー・アダムスより学年が一つ下で第二学年《フォースフォーム》に属している。

月明かりに浮かぶ彼の容姿は、お世辞《せじ》ぬきで美しい。亜麻色《あまいろ》の髪に濃い藍色《あいいろ》の目が勝ち気に輝いていて、石膏《せっこう》のように滑《なめ》らかな肌《はだ》がほんのり上気したさまは、神話の少年がそのまま抜け出してきたかのように見えた。

このサンダースとヒューは、知る人ぞ知るという、校内でも有名な恋人同士である。

成長期にある少年たちを集めた全寮制のパブリックスクールでは、互いに性的関係を結ぶことが珍しくない。とはいえ、週末になれば外出もできるし女友達を持つことが十分に可能な彼らにとって、そのほとんどは好奇心からくる遊びの域を出ることはない。

その中で、逆に自分の性的嗜好《しこう》を早くに自覚して、時として本気でつき合う者たちも出てくる。サンダースとヒューもそうだった。

「シモン・ド・ベルジュはシモン・ド・ベルジュさ。誰も代わりにはなれない。いくら伊達《だ》で通《て》るあんたといえども、彼には敵《かな》わないよ」

そんな憎まれ口を叩《たた》くが、声色には甘えが含まれている。

「ふん、勝手に言っていろ」

気分を害したように吐《は》き捨《す》てたヒューが、やおら立ち上がって窓辺に寄った。

月明かりに彼のしなやかで精悍《せいかん》な身体《からだ》が浮かび上がる。残された少年は、半身を起こして恋人の肢体《したい》を目で追った。

不思議な部屋だった。

石造りのだだっ広い部屋には、これといった家具も何も見当たらない。あるものといえば、入り口の正面に設けられた祭壇《さいだん》とおぼしき台と、その上に置かれた一枚の古びた丸い大きな鏡のみ。

「でも、グレイに見つかったのはまずかったよね。きっと明日になったら呼び出しをくらうだろうな」

「そうか？　それこそ誰も敵わないベルジュがなんとかするだろ……、あっ！」

鬱憤《うっぷん》を晴らすように嫌味《いやみ》を言ったヒューの語尾が驚きに彩《いろど》られた。

彼は外をもっとよく見ようとして身体《からだ》を伸ばす。

「どうかしたの？」

サンダースのほうは、相手の異変に不安そうに毛布を肩まで引き上げた。

「誰か歩いてくるぞ。噂《うわさ》をすれば、か？　禁欲主義の塊《かたまり》が、異端《いたん》の徒《と》を罰するためにやってきたんじゃあるまいな」

「なんだって？」

ヒューの言葉に、サンダースは急におどおどとせわしなく辺りを見回した。寮長のグレイは、この状況下で一番会いたくない人物である。

しかし、次の行動が決まらない。とりあえず立ち上がりかけたサンダースの耳に、その時、水のはねるような音が聞こえた。

チャプン。

チャプン。

岸に水が当たって返るような音だ。

（────？）

何処《どこ》から聞こえてくるのだろうと、サンダースは不思議そうに首を巡らせる。

それが、後方で止まった。

中腰の状態で、硬直したように立ちすくむ。

サンダースは、見たのだ。

月の光を浴びて輝いている鏡。

その表面を覆《おお》う水滴がだんだんと波紋を広げていき、やがて波立つ水面《みなも》へと化していくのを、はっきり見てしまった。

ゆらゆらと揺れ動く鏡面。

そこに、ぼんやりと人影が映し出された。

初めは揺れ動く中に色彩が混じるようだったのが、徐々《じょじょ》に形を成していく。いまでは、はっきりと青年の姿を見せていた。

「……誰？」

サンダースの戸惑った呟《つぶや》きを背中で聞き取り、ヒューはさらに窓に顔を寄せた。

「ちょっと待てって。暗くてよく見えないんだよ。でもどうやら見かけない奴《やつ》だ。年寄りじゃないか。湖を覗《のぞ》き込《こ》んでいる」

相変わらず窓から外を見ながら話し続けるヒュー。

それに対して恋人のサンダースは、まったく逆のほうを向いて廟内《びょうない》に置かれた鏡と対《たい》峙《じ》していた。

傍《はた》で見ると、それは実に奇妙な光景だった。

湖を覗き込む老人を観察するヒューと、鏡に映った青年を見つめるサンダース。

二人は知らなかった。

それぞれが見ている相手、老人と青年が同じ動作をしているという不思議な事実……。

「あいつ、何を見ているんだ？　まさか飛び込む気じゃないだろうな」

ヒューの嘲笑《ちょうしょう》を含む独り言を遠くに聞きながら、サンダースは鏡に映っている人の顔をうっとりと見つめる。

輝くような黄金の髪。

萌《も》えいずる五月の新緑のような鮮緑《エメラルド》色の瞳《ひとみ》。

唇《くちびる》は薔薇《ばら》の花を置いたようにほんのりと色づいている。

サンダースは、これほど美しい人間をかつて見たことがなかった。

惹《ひ》かれたように伸ばされたサンダースの手。

しかし、その手が波打つ鏡面に届いた瞬間。

「あっ！」

重心を傾けたサンダースの身体《からだ》は、あるはずのない空間へと吸い込まれていった。

そしてサンダースを呑《の》み込《こ》んでしまうと、鏡は何事もなかったかのように元の平らかで硬い鏡面を取り戻す。

「なんだよ？」

恋人のあげた驚きの声に、ヒューは外の様子を探りながらなおざりに問いかける。

が、それに応じる声はない。

奇妙な間。

あまりにも不自然な沈黙が、ヒューの中に恐怖心を呼び覚ました。

「おい、マイキ。どうしたんだ？」

呼びなれた愛称で名前を呼ぶが、答える声はやはりない。不安にかられて視線を戻したヒューは、そこに寒々とした光景が広がっているのを目にした。

暗い室内。

脱ぎ散らされた衣服。

乱れた毛布。

しかし二枚あったはずの毛布は、一枚に減っていた。

すでに窓より高く上がった月は、廟内《びょうない》をそれほどはっきりとは照らしてくれない。

ヒューは、必死で辺りを見回す。しかしどれほど目を凝《こ》らして見ても、恋人の華奢《きゃしゃ》な姿は見いだせなかった。

「おい、マイキ。何処《どこ》にいるんだ？」

再び、声を落として恋人の名前を呼ぶ。

だが、高めの少しかすれた愛《いと》しい声は、何処からも聞こえてこなかった。

しんと、静まり返る古い建造物。

ひしひしと悠久の時が押し寄せてくるようで、ヒューは逞《たくま》しい身体《からだ》を震わせた。

魔物が出る——。

そんな噂《うわさ》があった。

それを迷信と笑い飛ばし、逆手にとって恋人との逢瀬《おうせ》を楽しんでいた。

しかし、この重くのしかかる気配はなんだろう。気のせいか、先刻よりも闇《やみ》が濃くなったように思えた。

ヒューは、慌《あわ》てて衣類を掻《か》き集《あつ》めた。身に着けながら、残された衣服を虚《うつ》ろな瞳《ひとみ》で見下ろす。

サンダースは、消えてしまった。

最後に、彼の叫ぶ声がした。切羽詰《せっぱつ》まったというよりは、何かにちょっと驚いたような叫びだった。

（もしかしたら……）

ヒューは、祭壇《さいだん》のほうに寄っていく。何処《どこ》かに穴でも開いていて、そこに落ちたのではないかと思ったのだ。

鏡を見上げる。

大きな鏡だ。

白雪姫の継母《ままはは》が問いかけたのは、ひょっとしたらこんな鏡ではなかったろうか。

鏡に見入っていたヒューは、その時、人の声を聞いたような気がして耳を澄ませた。

『……づくな』

「誰か、そこにいるのか？」

冷たい石の壁に、ヒューの声が殷々《いんいん》と響いていく。すでに彼は、外にいたはずの人物のことなどすっかり忘れていた。誰何《すいか》に応じる声もなく、ヒューは祭壇を回り込んで裏側に出てみる。

そこは、表よりもさらに闇《やみ》が濃い。無造作に足を踏み出したヒューは、台座の角に足をとられて転びそうになった。

「痛っ」

バランスを崩した拍子《ひょうし》に、台座に肘《ひじ》をぶつけたらしい。腕に衝撃が走り、バラバラと何かが崩れ落ちる音がした。

ずん、と。

闇《やみ》が濃さを増す。

足元では、祭壇《さいだん》の下から黒い霧のような瘴気《しょうき》がにじみ出てきた。

しかし、ヒューは気づかない。

「ちくしょう」

ぶつけた手を振りながら台に手をついて覗《のぞ》き込《こ》んでみるが、人の落ちそうな穴や入り口は見つからなかった。諦《あきら》めて身体《からだ》を戻そうとした時、手をかけた台の側面に何か字が彫られているのを発見した。

破損しているのは、どうやらさっき自分がぶつかったせいらしい。その破損した部分の下から、文字の書かれた別の壁が出てきていた。

(まずいかな)

文化財を壊したかもしれないと思うが、すぐに忘れて文字のほうに注意を向ける。

ずいぶんと古い。

磨耗《まもう》して半ば形を失った文字はひどく読みづらかったが、中に名前らしき綴《つづ》りを見つけて目を近づけた。

「グ、グラ、レ？」

指で埃《ほこり》を落として、後を続ける。

「グラン、違うな。グラ、レ、ン。…グレンダか！」

小さく叫んだ瞬間、ふっと生暖かい風が首筋にかかった。全身を硬直させたヒューは、恐る恐る振り返ってみる。

しかし、そこには相変わらず濃い闇《やみ》があるばかりだ。

それでもさらに闇を見つめるヒュー。

その時、新たに聞こえてきた音が、彼の注意を引き戻した。

カツン、カツン、カツンと。

階段を上がってくる靴音に、スカートの裾《すそ》が床をするような音が重なる。

ヒューの背に悪寒《おかん》が走った。何か身を凍らすほどの悪意を感じた。そのあまりの恐怖に、膝《ひざ》がガクガクと震え出す。ヒューは固まって動かない足をなんとか引きずって、ゆるゆると後退した。永い永い時間をかけて扉の前まで退《しりぞ》いてきたヒューは、そこから脱兎《だっと》のごとく逃げ出した。

寮へと続く小道を無我夢中で走り抜ける。下草に足をとられ、木の根っこにつまずきながら、どうにか寮まで辿《たど》り着《つ》いた時、息の上がった彼の心臓は、まるで誰かに素手《すで》で摑《つか》まれでもしたかのようにきりきりと痛かった。

4

すでに天高く上がった月は、小さいながらも遍《あまね》く光をサマーセットシャーの大地に注いでいる。紺青《こんじょう》に澄み切った星空の下、湖の西側に広がる丘の稜線《りょうせん》にそって杉の梢《こずえ》が影となって浮かび上がっていた。

ユウリたちの部屋を辞したエーリック・グレイは、窓枠が長く影を伸ばす板張りの床を踏み鳴らして最上階にある自分の部屋へ上がっていった。

グレイは、見るからにイライラしている。何が彼を荒《すさ》んだ気持ちにさせるのか。

英国屈指の名門貴族であるグレイ家に生まれついたエーリックは、従来の慣習に従えば、こんな田舎《いなか》の学校ではなくロンドン近郊の名門パブリックスクールに入学するはずであった。しかし父親のグレイ公爵《こうしゃく》がセント・ラファエロの理事に名を連ねたことにより、急遽《きゅうきょ》セント・ラファエロへの入学が決まったのである。

セント・ラファエロは、ここ近年で急速に名門大学への進学率を伸ばしてきた。そして、留学生を多く受け入れて視野の広い教育を心がけるセント・ラファエロの卒業生たちが、経営者や企業家として、また最近急増している国際的な通信産業や電子商取引で広く活躍するようになってきた今日《こんにち》では、この学校への入学希望者は増える一方であった。

グレイ公爵《こうしゃく》はそういった事情も考慮したうえで決めたのであろうが、当のエーリックにしてみると、田舎《いなか》の学校生活は自分を権威ある世界から引き下ろす足枷《あしかせ》のように思えてならない。自分と同い年で社交界でのつき合いが深いブレナン家の次期侯爵《こうしゃく》が、伝統校でロイヤル・ファミリーと机を並べていると考えるだけでも、身の内にどうしようもない焦燥感《しょうそうかん》が湧《わ》き起《お》こる。

せめて生徒の頂点である総長となり生徒たちの上に君臨しようと思うが、それすらも危ういのが現状だ。

栗色の癖毛《くせげ》に栗色の瞳《ひとみ》、鼻筋の通った面長《おもなが》の顔は、典型的なアングロ・サクソンの風貌《ふうぼう》を受け継いでいる。しかし顔立ちこそ悪くないものの、細身で上背のないグレイは、一級下で同じくアングロ・サクソンの血が濃いヒュー・アダムスなどに比べると、明らかに見劣りする。

容姿にひそかなコンプレックスを抱《いだ》いている彼は、気がつけばいかめしい顔で人のあいだに立ち、重々しい仕草《しぐさ》で周囲を圧するようになっていた。

人に尊敬され崇拝者《すうはいしゃ》をもつような紳士になりたいと思ってきた彼は、最近ようやく周囲が自分を見る視線は、尊敬ではなく煙《けむ》たさであることに気がつき、目指していた理想像とずれていると感じるようになった。

そして一級下のシモン・ド・ベルジュを知るようになってからは、グレイは彼に自分の理想を見いだした。

輝くばかりの容姿もさることながら、生まれながらの高貴さとでもいうのだろう。優雅で洗練された身のこなし。命令するわけでもないのに自然と人が従ってしまう言動。強要することもなく、誰もがシモンの決断を待っている。

そんな自然のうちに現れる崇拝《すうはい》こそが、グレイの追い求める理想だった。

グレイが求めて得られずにいるものを、涼しげな顔でいともたやすく身にまとうシモン。

羨望《せんぼう》。嫉妬《しっと》。憧憬《しょうけい》。

シモンを見るときのグレイの瞳《ひとみ》には、そんな感情が一緒くたになって揺れている。

（それだというのに、あの男――――）

部屋のドアを後ろ手に閉めたグレイは、悔《くや》しげに唇《くちびる》を嚙《か》み締《し》めた。

（ことごとく、私の権威を引き下げる）

シモンは、英国のパブリックスクールに根づく階級意識にあまり良い感情を持っていない。

そもそも英国以外の西欧社会において、貴族は称号が継承されているにすぎず、実質的な権力を保持しているわけではない。そのせいか、シモンには階級という意識すらないようだ。

しかしグレイにしてみれば、自分の理想を体現しているような人間に自分のよりどころとする血統の価値を真っ向から否定されるのは、受け入れがたい衝撃だった。価値観の相違として気にしなければいいのだろうが、グレイはシモンの一言一句に動揺する。反対されると苦しみを覚え、賛同されると嬉《うれ》しさに舞い上がってしまうのだ。

いまもそうだった。霊 廟《モーソリアム》の存在に関してシモンと意見が一致し、そのことに浮かれてしまった自分自身を嫌悪した。

その時、ふいにドアが叩《たた》かれた。叩くというより、蹴《け》飛《と》ばすような勢いである。

ドアに目をやったグレイは、露骨《ろこつ》に眉《まゆ》をひそめる。

(誰だ、こんな時間に?)

少しのあいだ様子をみるが、ドンドンという乱暴な音は衰《おとろ》える気配がない。

(いま何時だと思っているんだ)

グレイは苛立《いらだ》たしげに舌打ちして、取っ手に手をかける。

「静かに――――」

ドアを引きあけると同時に発した怒声は、飛び込んできた相手の喚《わめ》き散《ち》らす声に完全にかき消されてしまった。

「助けてくれ、マイキが、消えた」

かけ違えたボタン。シャツの裾《すそ》がだらしなくズボンからはみ出し、靴も片方が脱げている。乱れた息やところどころ切り傷のある顔や手は、茨《いばら》の道を全速力で走り抜けてきたかのようだった。

ふだんは洒落者《しゃれもの》で通る相手のあまりに悲惨な姿に、グレイは唖然《あぜん》とした。

「……ヒュー・アダムス？」

しばらくして、ようやく相手の名前だけを確認できた。

「いったい」

しかし、ヒューに彼の声が聞こえた様子はない。腕を伸ばしてグレイの胸倉をつかみあげると、くるおしい光を浮かべて同じ台詞《せりふ》を繰り返す。

「マイキが消えたんだ。マイキが、マイキが、あああああ」

「おい、しっかりしろ、アダムス。消えたとはどういうことだ？」

グレイの声も、大きなものになる。照明を落として暗く静まり返った木造の廊下に、彼らの声が吸い込まれていく。

「あああ、助けてくれ、化け物が」

「アダムス、アダムス？」

学年が一つ違うが、ヒューのほうがグレイよりも上背もウエイトもある。力任せにしがみつかれ、グレイは支えきれずに壁にぶつかった。

「ずいぶんと賑《にぎ》やかだな」

ふいに廊下から声がした。こんな場面にしては呑気《のんき》でからかうような口調である。

ヒューの肩越しに視線をやったグレイは、思わず舌打ちしていた。

吊《つ》り上《あ》がった切れ長の目に肩まで届く青黒髪《ブルネット》。ひとえの目元は東洋的だが、高い鼻梁《びりょう》と灰色がかった青い瞳《ひとみ》は西欧のものだ。そこに立っていたのは、不敵な笑いを口元に浮かべた同級生コリン・アシュレイだった。

上級監督生のアシュレイは、角部屋となっているグレイの唯一《ゆいいつ》の隣人である。

「手を貸そうか？」

「けっこう」

言葉ではアシュレイの申し出をきっぱりと断ったが、実際はそういうわけにもいかなかった。ヒューの常軌《じょうき》を逸した振る舞いは、ひどくなる一方だったからだ。

「ああああ、化け物が、化け物が、助けてくれ」

「おい、静かにしろ」

ヒューの叫びに、グレイは頭が痛くなってくる。

「百物語の次は、化け物か。いい加減にしてくれ」

うんざりしたように思わず漏《も》れたグレイの呟《つぶや》きを、アシュレイは聞き逃さない。

「百物語？」

グレイは、「しまった」という顔をする。しかし幸いなことに、アシュレイがそのことを追及する時間はなかった。

その時、ひときわ激しく「うわあああ」と喚《わめ》いたヒューが、グレイの身体《からだ》を伝って崩れ落ちていったのだ。

とっさに支えきれなかったグレイに代わって、すかさずアシュレイが手を出したため、ヒューの身体は床に激突せずにすむ。ヒューは床にうずくまって心臓を押さえていた。

「どうしちまったんだ、こいつは？」

ヒューの尋常ならざる様子に、さすがに眉《まゆ》をひそめたアシュレイが問いかける。

しかしグレイは半ば上の空だった。ふいに背筋が凍りつくように寒くなり吐き気がしたのだ。

「なんだよ、あんたまで顔色がえらく悪いじゃないか」

アシュレイの指摘を聞き流し、グレイはヒューの脇《わき》に手を入れて身体を起こした。

「とにかく、ソファーに寝かそう。手伝ってくれ」

二人がかりでヒューをソファーまで運ぶ。

彼らは気がつかない。

心臓を押さえて猫背《ねこぜ》に歩くヒューの背中を、すっと撫《な》でる手があった。

白くてか細い手。

ラッパのように広がったレースの袖口《そでぐち》から伸びた手は、一瞬浮かんで消えていった。

る。


ぱっと、グレイが振り返る。

木目と漆喰《しっくい》が交互に交ざった壁に囲まれた落ち着きのある部屋と、開いたドアから続く暗い廊下が見渡せた。見える限りは何もない。それでもしばらく、闇《やみ》の彼方《かなた》へ視線を据《す》える。

グレイの背筋を震えが走った。

「どうした?」

じっと動かないグレイに気がついて、ヒューの上に屈《かが》みこんでいたアシュレイが不思議そうに顔を上げた。

「……ここにいてくれ、舎監《しゃかん》を呼んでくる」

「いいけどね」

アシュレイは、珍しいこともあるもんだと、心の中で思う。他人の干渉《かんしょう》を嫌うグレイが、自分の部屋に他人を残していこうだなんて、ふだんではありえないことだった。

「それより、救急車を呼んだほうがいいんじゃねえの?」

蒼白《そうはく》な顔で荒い呼吸を繰り返すヒューを顎《あご》で示して意見する。

「それは、私が舎監と相談して決めることだ」

こんな時にも他者の指図を冷たく拒《こば》んで、グレイがせわしげに立ち上がった。どうしてかわからないが、グレイは一刻も早くこの場を離れたかった。

駆け出していくグレイの後ろ姿を見送って、アシュレイは首を傾《かし》げた。明らかに、グレイの態度はおかしい。いったい何が起きているのか。

「……み」

ヒューが、苦しそうな呼吸の下で呟《つぶや》く。アシュレイは、横たわるヒューに視線を移した。心臓を押さえているのが気になる。

「……がみ」

何かを訴えようとしている様子に、アシュレイはわずかに身体《からだ》を傾けてヒューの口元に耳を持っていく。

虚《うつ》ろな瞳《ひとみ》を中空に据《す》えたヒューが、うわ言を繰り返す。

「カガミ」

(カガミ?)

ふいに何かを思いついたように、アシュレイは目を細めてほくそ笑《え》んだ。

(鏡ね)

苦しむヒューを思惑ありげに観察するアシュレイの肩越しに、部屋の古い壁が見えている。木目と漆喰《しっくい》が交互に交ざった壁。

その壁の前に、ふっと人影が浮かび上がる。

女だった。

ドレスを着た女性の後ろ姿。栗色の見事な巻き毛が、金糸で刺繡《ししゅう》を施《ほどこ》した濃緑のドレスの肩にうちかかっている。ラッパ形に襞《ひだ》を打つ目の細かいレースの袖口《そでぐち》。

アシュレイは、気づかない。

「うああああああ、嫌《いや》だ」

ヒューが、悲鳴をあげた。荒い呼吸がいっそう激しさを増し、蒼白《そうはく》な顔には脂汗《あぶらあせ》がにじんでいる。

背後の白い手がつっと伸ばされて、壁に触《ふ》れた。すると、彼女の姿は、すうううっと壁に吸い込まれて消えていった。

同時に、ヒューの呼吸も静かになる。

(――――?)

急激な容態の変化が、アシュレイの気を引いた。

遅まきながら背後を振り返り、女の消えていった辺りをじっと見つめる。当然のことながらすでに何もない壁を見て、アシュレイはにやりと笑う。

「……どうやら、面白くなりそうだ」

第二章　過去からの訪問者

1

灰色の雲の隙間《すきま》から薄日が差している。

雨の多い六月。やんだばかりの霧雨が、生い茂る草木をしっとりと濡《ぬ》らす湖畔《こはん》の道に沿って、ユウリはぶらぶらと散歩に出ていた。

こげ茶とベージュのシェパードチェックのズボンの上へシャツを出し、ネクタイはせずに肩にセーターを引っかけている。そのラフな着こなしで、いまが自由な時間と知れる。

昼休み。午後は三時過ぎからクリケットの寮対抗試合が行われる予定なので、それまでの自習時間は、中等部の卒業試験に向けて最後の追い込みをやらねばならない。

ユウリは天気のいい昼のうちにちょっとのんびりするつもりだった。

のんびりといっても、ユウリは昨日の夜からずっと、グレイとの会話が頭に引っかかって離れず考え込んでいた。

人数の合わない集会。

通るはずのない人間の足と靴音。

昨晩の百物語では、何かが起こったに違いなかった。

（いったい、何が……？）

湖から吹き上がる蒸気でうっすらと霧のかかった森の木立《こだち》がとぎれ、ふいに視界が開けた。

そこに、堆積《たいせき》した時間の悠久を思わせる古色蒼然《こしょくそうぜん》とした石造りの建物を見いだして、ユウリは足を止めた。

霊廟《モーソリアム》だ。

どうやら考えごとをしているうちに、こんなほうまで歩いてきてしまったらしい。

別名を「お化け屋敷《ホーンテッドハウス》」という霊廟は、ギリシャのパンテオンのように広いバルコニーと大きな太い列柱を持つ平屋の建物である。ただし規模はかなり小さく色合いも暗い。煤《すす》けて黒ずんだ壁に蔦《つた》が這《は》い、全体はどんよりとくぐもった感じがする。そのうえ、折からの霧が館《やかた》の周囲を包み込んでいるので、ユウリはまるで北欧神話の黄昏《たそがれ》の世界に足を踏み入れてしまったような錯覚に陥った。

とりあえず、外壁に沿って周囲を歩いてみることにする。

昔はこの辺りにも城が建っていたようだ。人工の石積みが随所《ずいしょ》に見られる。朽《く》ちた城址《じょうし》にぽつんと取り残されたように建つ霊廟《モーソリアム》は、幾千の昼、幾万の夜に何を秘めてきたのだろうか。

湖と向かい合った建物の正面に回ったところで、ユウリは霊廟《モーソリアム》の扉が半分ほど開いているのに気がついた。昨晩のグレイの話では、ここは厳重に封鎖《ふうさ》されているはずだ。

不審に思い、近づいていく。

太い列柱に囲まれたテラスにかかる階段を上り、両開きの重そうな扉に手をかける。真《しん》鍮《ちゅう》の扉は、かすかに軋《きし》みながら大きく開いた。

陽光の明るい表に比べると、中はひんやりとして薄暗い。

薄い褐色《かっしょく》の石壁に囲まれた廟内《びょうない》は、これといった家具もないがらんとした空間で、四角い窓から差し込む陽光が埃《ほこり》を浮かせた白い線を斜めに描いていた。

その光が届くか届かないかの奥まったところに、祭壇《さいだん》とおぼしき台座と大きな鏡が置いてある。

ユウリは、ぎくりとして足を止めた。

祭壇の前に、人が立っていた。鏡を仰ぐように立《た》ち尽《つ》くしている。

しかし目の錯覚か、ユウリには、一瞬前まで、そこに誰かいるようには見えなかったのだ。

ふいに太陽が明るさを増した。

ユウリの目が暗がりに慣れてきたことも手伝って、いまでは相手の様子がはっきりと見て取れた。

それは、背の高い骸骨《がいこつ》のようにやせ衰《おとろ》えた老人だった。

痩軀《そうく》をすっぽりと黒いマントに包み、皺《しわ》だらけの顔は、長い年月を耐え忍んだように白く伸びきった蓬髪《ほうはつ》で覆《おお》い尽《つ》くされている。立ち枯れた木を思わせるそのひからびた様子は、運命に翻弄《ほんろう》された罪深き流離《さすら》い人《びと》を連想させ、なんとも哀れを誘うものがある。とはいえ、わずかに腰を曲げて立つ毅然《きぜん》とした姿は、老人を何処《どこ》か高貴に見せていた。

その時、老人がゆっくりと振り向いた。

すべてが衰え褪《あ》せた中で、ただ一つ異様な輝きを放っている一対《いっつい》の目。萌《も》えいずる五月の新緑のように輝く鮮緑色《エメラルド》の瞳《ひとみ》が、まっすぐにユウリを射貫《いぬ》く。瞬間、ユウリはこの目を知っていると思った。

周りからいっさいの音が遠ざかる。

『おお、やはりお前か……』

やがて乾いてひび割れた唇《くちびる》が、くるおしげに言葉を紡《つむ》いだ。ユウリはまるで金縛《かなしば》りにでもあったかのように、ただ呆然《ぼうぜん》と相手の姿を見つめ続けた。

『救済者《セイヴァー》よ。どれほどお前が来るのを待ち望んでいたことか』

老人が、一歩、また一歩とよろめくように近づいてくる。

『名は、名はなんという?』

名乗ってよいものかどうか。判断がつかぬまま、ユウリはかすれた声で答えていた。

「ユウリ。ユウリ・フォーダム」

『ユウリ? ユーリとはな……、これも一つの啓示なのじゃろう』

老人は感慨深《かんがいぶか》く呟《つぶや》く。

『吾《わ》が名はジャック。ジャック・レーガン』

「ジャック・レーガン……?」

どこかで聞いたような名前である。考え込んだユウリの脳裏《のうり》に、ある情景が浮かび上がった。

花が咲《さ》き誇《ほこ》る湖岸。佇《たたず》む貴公子の萌《も》えいずる新緑のような鮮緑色《エメラルド》の瞳《ひとみ》。

百物語でシモンが語った話の中だ。

「まさか――――」

ユウリの目が驚きに見開かれる。

「本当に、ジャック・レーガン?」

ジャックは皺《しわ》だらけの顔で破顔《はがん》した。歯のない口があらわになる。ゆっくりとユウリの傍《かたわ》らまでやってきた彼は、片手を上げて目の前にかざした。

「な、何を……」

『お前の目が必要になる』

「目？」

『見えざるものを見、在《あ》らざるものを引き寄せる力だ』

詠《うた》うように言って、ジャックの震える指先が空中でユウリの目蓋《まぶた》をなぞるように動く。その手が赤く染まっているのに、ユウリは気がついた。鮮血が指を伝って滴《したた》り落《お》ちている。ユウリは恐ろしさを覚えて、一歩退《ひ》いた。

(けれど、もっと恐ろしいのは)

昨夜のシモンの話が鮮やかに蘇《よみがえ》る。

(ジャック・レーガンに安らぎはなく、夜ごと、新しい肉体を求めて歩き回る)

「……嫌《いや》だ」

ユウリの背を冷や汗が伝う。

ジャックは手を下ろし、悲しみに満ちた慈愛の表情を浮かべて怯《おび》えるユウリを見下ろした。

『恐れて、なんになるというのだ？』

ジャックが両腕を振り上げながらユウリの前を行ったり来たりしはじめた。

『時は待ってくれぬぞ。呪《のろ》われし名前を呼んではならん。あれは禍《わざわい》をもたらす名だ。すでに一度、呼ばれておる。気をつけることだ。もし三度、あれが呼ばれたら、取り返しのつかぬことになる』

　ジャックの身振りはいっそう激しくなり、話す声も甲高《かんだか》く癇性《かんしょう》をおびてくる。シェークスピア劇でも見ているような仰々《ぎょうぎょう》しい言葉が、石の壁に木霊《こだま》する。

（禍《わざわい》をもたらす名前？）

　ユウリは恐怖で凍りついた頭でジャックの言うことを整理しようとしたが、思考が上手《うま》く回らなかった。

　誰の名前を呼んではいけないのか。誰がその名前をすでに呼んでしまったのか。三度目に呼ばれた時には、どうなってしまうのか。

　謎《なぞ》ばかりが膨《ふく》らんでいく。

『ああ、繰り返されてはならんのだ。血に染まりしこの手。わが罪は、たとえ地獄の業火《ごうか》で永遠に焼かれようともこの身に背負う覚悟はある。しかし、あれほど呪《のろ》わしいことを、決して再び蘇《よみがえ》らせてはならぬぞ』

　鮮緑色《エメラルド》の瞳《ひとみ》が、いまやくるおしいばかりの激情をたたえてユウリにひたと据《す》えられた。

　一瞬身体《からだ》を強張《こわば》らせたユウリは、相手の瞳に真摯《しんし》な感情を読み取ってうろたえる。

（この胸を裂くような悲しみは、なんだろう……）

　流れ込んでくる感情が、ユウリの心を締めつける。息をするのも苦しくなるような悔悟《かいご》

と悲しみの奔流《ほんりゅう》。

(あの血塗《ちぬ》られた手と関係があるのだろうか？)

恐ろしさにもまして、いつしかユウリの中には、老人に対する憐憫《れんびん》の情がむくむくと湧《わ》き起《お》こっていた。

『しかし、方法はある。憂《う》き身《み》をやつしてさすろうた甲斐《かい》もあるというもの。ついに入り口を見つけた。今宵《こよい》こそ、すべての終焉《しゅうえん》が待ち受けておるやもしれん』

「入り口？」

ユウリは訊《き》き返《かえ》した。相手が何を言っているのか、よくわからない。正気を失った者の取りとめのなさが、聞き手を混乱させるのだ。

『お前にならわかる。森羅万象《しんらばんしょう》、この宇宙にあるものすべて、真の姿は一つでも、その現れようは実に複雑を極める。形だけにこだわってはならぬ。意味を考えるのじゃ』

「意味……？」

頷《うなず》いたジャックは、手を伸ばしてユウリの手首を掴《つか》んだ。老人とは思えぬ強い力だ。

『よいか。何があっても目を閉ざすでない。繰り返されてはならんのだ』

ユウリは答えられなかった。

その時、きいいっと音がして霊廟《モーソリアム》の扉が開かれた。

「誰かいるのか？」

侵入者が、張りのある声で乱暴に誰何《すいか》する。

それと同時に、摑《つか》まれていた手首が解放された。しかし、残された感触は容易には消えそうにない。

自分を摑んだジャックの手。

それは、体温を感じさせない死人のように冷たい手だった。

「こりゃ、驚いたね」

戸口のところで太陽を背にして佇《たたず》んでいる男が、低く口笛を吹く。そこでユウリは男のほうを見たが、逆光のせいで顔は見分けられなかった。眩《まぶ》しげに手をかざしたユウリに向かって、男が軽い足取りで近づいてくる。相手が目の前まで来たところで、ようやく顔の判別がついた。

切れ長の吊《つ》り上《あ》がった目が、全体的に鋭い印象を与える長身痩軀《そうく》の男。青みがかった長めの黒髪を首の後ろでちょこんと束ねている。顔の造作は比較的整っていて、東洋と西洋が融合した瞬間の不調和が生む危うい魅力を持っていた。人間関係に疎《うと》いユウリでも、その顔に見覚えがあった。いろいろと怪しい噂《うわさ》が絶えないヴィクトリア寮《ハウス》の奇人、寮監督生の一人、コリン・アシュレイである。

一説によると、彼のＩＱは百八十を超えているのだが、いかんせん、そのほとんどが錬金術を含む魔術の研究に費されてしまっているらしい。文字どおり「魔術師」の異名をとる彼が寮監督生になったのも、個人の蔵書を置くスペースが必要になったからでしかなく、その際には魔術を用いて舎監《しゃかん》や寮長をたぶらかしたということになっている。嘘《うそ》か本当かは知らないが、アシュレイが幹部たちのこなす仕事に従事している様子はないし、そのことにあえて文句を言う人間もいなかった。

「ユウリ・フォーダム。こんなところで、何をしている？」

フルネームを呼ばれたユウリが何か答えるより早く、アシュレイはさっと辺りを見回した。

「一人か？」

不思議そうに言う。

まだ、いましがたの不可思議な邂逅《かいこう》の衝撃から回復していないユウリは、相手の問いにただ頷《うなず》いた。

「ふうん？」

目を細め、値踏みするように上から下まで眺《なが》め回《まわ》したかと思うと、アシュレイはつっと片手を伸ばしてユウリの頰《ほお》に触れた。

「なんだ？　まるで幽霊にでも会ったみたいに顔色が悪いぞ」

ユウリは、ぎくりとした。

（この人、見えていた？）

警戒するユウリを、探るような瞳がじっと見つめる。ちょっとのあいだ、二人のあいだで牽制《けんせい》しあうような沈黙が続いた。

「で、お前はここで何をしていたって？」

口を閉ざすユウリに、アシュレイは唐突に最初の質問に戻った。次第に相手のペースに乗せられつつあるのを感じながら、今度はユウリも質問に応じる。

「散歩です」

「へえ、散歩ね」

アシュレイは鼻先で笑うと、腰を曲げてユウリの顔を覗《のぞ》き込《こ》んだ。

「鍵《かぎ》をこじ開けてか？　ふざけんな」

至近距離で睨《にら》みつけられてとっさに言葉を失ったユウリは、慌《あわ》てて首を横に振る。アシュレイが素行《そこう》不良の問題児としても有名だったことを思い出した。

「僕が来たときには、もうドアは開いていたんです」

「ああ？」

アシュレイは疑わしげに入り口を振り返り、ユウリと扉を交互に見た。

「なるほどね」

納得したように頷《うなず》いて、あっさり身を引く。

「開いていたか。ま、そうだろうよ。あの調子じゃあな」

なにやらぶつぶつ言っていたかと思うと、今度は傍《かたわ》らの鏡をしげしげと眺《なが》めはじめた。ユウリは、困惑してその様子を見るともなしに見る。

相手の真意がまったくつかめない。確かにこのアシュレイという男は、変わった人物であるようだ。彼の機嫌を損じると祟《たた》られるとか、部屋に小鬼を飼っているとか、そんな荒《こう》唐《とう》無《む》稽《けい》な噂《うわさ》もいまなら頷《うなず》ける。

何より、絶妙のタイミングでの登場だった。

(いったいこの人こそ、何をしにこんなところに来たんだろう?)

「なあ、知っているか?」

そのアシュレイが、真鍮《しんちゅう》でできた鏡の縁《ふち》を指先でノックするようにコツコツと叩《たた》きながら、横目でユウリを窺《うかが》った。

「この霊廟《モーソリアム》が後生大事に守っているこの鏡。こいつは魔鏡と呼ばれてたんだぜ。作られた年代もずいぶん古い。おそらく十六、七世紀まで遡《さかのぼ》る」

「魔鏡ですって?」

ユウリは興味をそそられて、鏡のほうに近づいた。

「なんでも、かつてここを治めていた領主の姫君が魔法を使ってこしらえたという。もとより、昔は鏡には魔力が宿ると言われていて、見ていると魂を奪われるってのがもっぱらの俗説だったのさ。お前も気をつけるこったな」

鏡越しに見つめられて、ユウリは居心地《いごこち》の悪さを感じた。

「いかにも、魔物に魅入《みい》られそうな顔をしている。オーベロンがタイターニアから奪ったのも、東洋の少年だ」

誘うような思わせぶりな口調。変わらぬ艶《なま》めかしさで、アシュレイが爆弾を投げつける。

「それで、百物語はどうだった？」

ユウリは啞然《あぜん》とした。昨日の今日で、何故《なぜ》この男が知っているのかがわからない。

「どうした。顔が強張《こわば》ってんぞ？」

アシュレイは、ユウリの動揺を見逃さず、呪縛《じゅばく》するように囁《ささや》いた。

「誰か消え失せでもしたか？」

（消え失せる？）

その言葉に、ユウリは何か引っかかるものを感じた。

だがそれはともかく、事実は逆だ。消えたのではない。一人増えたのだ。

しかしいまこの場で昨晩の不可思議な現象をアシュレイに話す気は、当たり前だがまったくなかった。

と、運よく外で、ユウリの名前を呼ぶ声が聞こえた。

「シモンだ」

ホッとして叫んだユウリに、アシュレイが小さく舌打ちをする。

「友達が呼んでいるので、失礼します」

その場を離れる言い訳ができたユウリは、ここぞとばかりにぺこりと頭を下げて走り出した。戸口まで来てからちらりと振り返ると、アシュレイは鏡のそばにしゃがみこんで何かを拾い上げているようだった。

（コリン・アシュレイか）

ユウリは、その名を改めて心に刻み込んだ。

（何か目的があってここに来たんだろうけど、なんだったのだろう）

わけがわからないが、そのくせ何故《なぜ》か心が騒いでいる。

2

外に出ると、ちょうど正面に回り込んできたシモンが、建物の角を曲がってすらりと高い端麗《たんれい》な姿を現した。

「ユウリ？」

霊廟《モーソリアム》の階段を駆け下りてくるユウリに、シモンは驚いているようだ。

「こんなところで、どうしたんだい？」

「散歩していたら、霊廟の戸口が開いていて」

「そのようだね」

ユウリの言葉を遮《さえぎ》ってシモンが硬い口調で言った。視線はちょうど戸口を出てきたアシュレイのほうに向けられている。

悠然と歩み出てきたアシュレイは、ゆっくりと扉を閉じて旋錠《せじょう》した。階段を下りながら金色に加工された大きめの鍵《かぎ》を手の上でくるくると遊ばせる。

（あ、鍵？）

不思議に思って見ていたユウリは、通りすがりに肩を叩《たた》かれる。

「またな。ユウリ」

思わず見送ってしまった先で、アシュレイは前を向いたまま片手を振りながら歩き去っていった。

横に並んだシモンが、視線でアシュレイを追いながらユウリに訊《き》いた。

「どういうことか教えてくれるかい？」

「どういうことって言われても」

ユウリは頭を掻《か》く。

「教えたいのはやまやまだけど、僕にもわけがわからないんだ」

曖昧《あいまい》な返事に、シモンはユウリを流し目で見た。

「ふうん。ここで彼に会ったのは偶然？」

「たぶんね。少なくとも僕のほうは偶然だよ。扉が開いていたんで中に入ってみたら、後からアシュレイがやってきたんだ。まったく噂《うわさ》どおりの奇人だったけど」

奇人というところを強調したユウリ。シモンは興味深そうに顔を覗《のぞ》き込《こ》む。

「それなら、これも予定調和《アルモニープリタブリ》なのかもしれないね」

「アルモニープリタブリって？」

「予定調和。もともとは哲学用語だけど、要するに、無駄《むだ》と思えるような出会いでも、全能者の視点から見たらちゃんと調和が取れているということさ」

そう言ったシモンだったが、自分の言ったことに迎合しかねるように、投げやりに両手を軽く上げてみせた。

「だから、これにも何か意味があるのじゃないかと思ったんだ」

つまらなそうに付け足されたシモンの台詞《せりふ》に、ユウリは困惑した表情で考え込んだ。

「意味がある……」

ユウリは、アシュレイとの会話を思い起こしながら呟《つぶや》いた。

確かに、この出会いには、何か重要なヒントが隠されているような気がした。そうでないにしても、アシュレイとの関係は、このままではすまないだろう。

それはユウリにとって、予感ではなく確信だった。

「これが神の意思だとしたら、いっそ神はアシュレイの中にいるのかもしれない」

「そりゃまた、どんな神だか知れたもんじゃないね」

冗談めかして言ったが、シモンの涼しげな水色の瞳《ひとみ》は笑っていない。

「ずいぶんな入れ込みようだけど、洗脳されてしまった？」

「だって、まるで何もかも知っているみたいな口調だったし」

ユウリは、人差し指を唇《くちびる》に当ててた。考え込むときの癖《くせ》である。

「それに、あの人、昨夜の百物語のことも知っていたんだ。グレイがしゃべったのかな」

「へえ、どうだろう」

シモンも意外そうに目を見開いた。

「あまり仲が良いようには見えないけどね。他には何を？」

二人は霊廟《モーソリアム》を回るようにして、来た道を戻り始めていた。どちらからともなしに、ぶらぶらとボートハウスのほうへ足を向ける。

霧はいつしか晴れて、湖面のさざなみが陽光をはじいて輝いている。

「鏡の話をしたよ」

「鏡？」

「霊廟の中に一枚の古い鏡が置いてあって、というか、それしか置いてないのだけど、アシュレイは魔鏡だって言うんだ。作られたのは十六世紀くらい。本当だと思う？」

ボートハウスに辿《たど》り着《つ》いた二人は、桟橋《さんばし》の手すりに寄りかかって話を続ける。

「さてね。見てもいないのに、否定も肯定もできないよ。でも、何をもって、彼はそれを魔鏡だなんて言ったのだい？」

「言い伝えでは、城主の娘が魔法で作った鏡ということになっているらしいよ。それを見ていると魂をとられるとか」

「魂ねえ」

シモンが日に透ける淡い金色の前髪を搔《か》き上《あ》げた。秀《ひい》でた額があらわになると、横顔がますます知的に見える。

「ご覧よ、ユウリ」

シモンが指した先に、揺れる水面《みなも》に映し出された彼らの影がある。

「鏡は仮面の裏側に入り込んで本当の顔《ヴァールゲジフト》を見せてくれる——。そう言ったのは、確かユングだったかな。水に見いだす自己の深層心理を論じた文献だったから、正確には水鏡、水に映った己《おのれ》の姿のことなんだろうけど、何より左右逆転のちょっとしたトリックが人間を幻惑するのだと思う。ここ西洋において、左右の逆転は善悪の逆転に通じるのは知っているよね。キリストに奉じられるすべてのものは、右回りに行われ逆に動くことはない。逆回りは、反《アンチ》キリストを意味するから。己の善と思っていたことが悪に変わっていく、そのメタモルフォーゼの中で自己喪失《そうしつ》を経験する。魂が抜かれるとは、そういうことなんじゃないのか？」

「魔法はあくまでも隠喩《メタファー》であって、現実にはありえないと？」

ユウリは手すりに肘《ひじ》をついて顔の前で手を組んだ。黒い瞳《ひとみ》がわずかに翳《かげ》っている。

「もちろん、すべてがそうだとは言わないよ。時には本物の魔法もあるだろう。魔鏡の話もその流れの中ではあるいは真実であったのかもしれない。思うに、そうあるべき意味さえわかれば、水が金に変わることも可能なんだろう」

（意味さえわかれば……？）

ユウリは、顔を上げた。ジャックの忠告と同じである。

「けれど」とシモンは続ける。

「流れから切り離して意味もなく単独で存在させようと思っても、それは成立しない。前後の相関があって、初めて事象は移動可能になる。生命の誕生がいい例だよ。親がいて自分がいて子供がいる。自分だけを切り離そうと親の存在を抹殺《まっさつ》しても、とたんにタイムパラドクスを起こして自分の存在が意味を失う。親の存在との因果関係を切り離してしまったら、もうそれはまやかしでしかないんだ。僕が言いたかったのは、そういうまやかしのほうが世の中には多いってことだよ。そして本当は何も知らない人間が、なんでも知っているかのように振る舞う時には、そのまやかしを並べ立てるものなのさ」

誰とは言わないが、最後の台詞《せりふ》は、確かにアシュレイをあてこすっていた。

巧妙《こうみよう》なアシュレイの幻術《げんじゆつ》もシモンには通じないようだ。

ユウリは感嘆してシモンを見つめた。

シモンは光であり秩序であり、あらゆる美の具現者だ。容姿はいうまでもない。移ろう時の流れの中で混血を繰り返すうちに、ある瞬間に神の起こした奇跡のように見事な調和を持った造形美が誕生する。そんな進化の生み出した新種の美しさを持った人間、それがシモンである。

そして思考も、偏《かたよ》らず物事の本質を瞬時に捉《とら》えて、回転する。シモンの控えめでいながら整然とした論調は、熱狂的な信者を後から後からとめどもなく生み出していく。

興奮したユウリが、わずかに頬《ほお》を紅潮させて訊《き》く。

「ねえ、それなら、グレイは？」

「グレイ？」

しかし、この問いには意表をつかれたらしい。本当にわからないといったようにシモンは首を傾《かし》げた。

「グレイがなんだって？」

「昨晩彼の言った人数は、実際より多かったよね？」

グレイが言ったのは、「残りの九人」だった。そこにシモンとユウリを足すと、全部で十一人。一人多いことに気づいていただろうかとユウリが見つめていると、合点したようにシモンは頷《うなず》いた。気のないように言う。

「ああ、九人ね。あれは単なる数え違いだろ？」

「数え違いか。それは、まやかしですらないということだね」

「あの部屋は暗かったし、グレイは明かりを背にしていた。数えられるほうが不思議なくらいだよ」

「そうだよね」

ユウリはひるんだ。

そう言われてしまうと返す言葉がない。シモンの言うのはもっともで、あの暗がりでは正確に数えることはできなかっただろう。

けれど、それならば、あの足音はなんであったのか。誰かが椅子《いす》の後ろを通り過ぎていった。あれも暗さの見せた幻影だったというのだろうか。

それだけではない。

たったいましがた霊 廟《モーソリアム》で出会ったあの老人は、ジャック・レーガンではなかったか。摑《つか》まれた手首の冷たい感触は、まだ消えずに残っているのだ。

ユウリは、ぞくりと身を震わせた。

「ねえ、ユウリ。君が昨晩から気にしているのは、人数のことだけかい？」

青い瞳《ひとみ》を翳《かげ》らせて心配そうに覗《のぞ》き込《こ》んでくる友人を、ユウリは困惑と躊躇《ちゅうちょ》を浮かべて見上げた。

朝までは確かにそうだったが、ジャックと会ってしまったいま、気がかりは増えた。ただ、それを言ってしまっていいものかどうかわからない。いくらシモン相手とはいえ、数百年の歴史を飛び越えた人間がいるとは言いがたい。

「シモンは、人がなんらかの思いを抱えて、数百年も生き続けるなんてことがありうると思う？」

結局、遠まわしに様子を窺《うかが》うことにした。

「難しいことを訊《き》くね」

シモンは片眉《かたまゆ》を下げて、おどけた顔をする。

「絶対にありえないと断言する気はないけれど、そんな体験をしたという人間が僕の知り合いにいないのは確かだから……」

そしてふいに何か思いついたように、ユウリを見た。

「まさかユウリ、君が、なんてことは言わないでくれよ」

ユウリは笑った。

「そうだったらすごいけど、残念ながら僕じゃない」

「それを聞いてほっとしたよ。私見を言わせてもらえば、人間の寿命がもって百歳くらいなのは、人生の中で重ねた罪の重さに耐えられなくなるからじゃないだろうか。それならば、弟殺しのカインにしても、ゴルゴタへ向かうキリストを罵倒《ばとう》したユダヤ人にしても、与えられるのが悔恨《かいこん》のための永遠であることも頷《うなず》ける。彼らは自分の犯した罪に苦しみ続けるんだ」

シモンの話を聞いていたユウリの顔が、みるみる曇って翳《かげ》りを帯びていく。まるで、自らが永劫《えいごう》に責《せ》め苛《さいな》まれる罪人のように、苦しげな表情で俯《うつむ》いた。

（自分の犯した罪に――――？）

ユウリの脳裏《のうり》に浮かび上がってくるジャックの苦悩に満ちた顔。

（ジャック・レーガンも悔恨に苦しみ続けているのだろうか。手を汚《けが》す血のために？）

ユウリは我知らず呟《つぶや》いていた。

「ジャックもかな？」

「ジャック？」

シモンは眉間《みけん》に皺《しわ》を寄せ、顔色《がんしょく》を失ったユウリに探るような瞳《ひとみ》を向けた。

「ジャック・レーガンだよ。シモンが話してくれた伝説の……」

「ああ」

「あれは、本当の話だろうか？」

真剣に訊《き》いてくるユウリの真意がつかめずに、シモンは訝《いぶか》しげに訊き返した。

「犠牲者の血を求めて彷徨《さまよ》っているという話がかい？」

「うん、まあ、そう」

曖昧《あいまい》に同意しながら、ユウリは「あれは犠牲者の血なのだろうか？」とぼんやり考えていた。

シモンは、明らかに様子のおかしいユウリに視線を落としたまま、額に落ちかかる髪を片手で梳《す》き上《あ》げた。やがて抑揚《よくよう》を欠いた口調で告げる。

「ユウリがそこまであの話に引き込まれてくれたのは嬉《うれ》しいんだけど、実はあの話には重大な欠陥があるんだ」

「えっ？」

シモンの発言に、ユウリが驚いて顔を上げた時。

「あ、ミスターベルゥジュ、ミスターフォーダァム」

ふいに、木立《こだち》のあいだから元気いっぱいの声が響いてきた。木々を抜けて走ってきたのは、同じ寮の下級生である。顔に見覚えのあるその少年は、「使役人《ファグ》」と呼ばれる上級生の雑用係を務めているはずだった。彼は二人の前まで来ると息を弾ませながら報告した。

「寮長のグレイがお呼びです。大至急、自治会の執務室までお願いできますか？」

ユウリとシモンは、顔を見合わせる。現実が、慌《あわ》ただしく目の前に転がり込んだ感じがした。

3

シモンは、軽くノックしてオーク材のどっしりとした両開きのドアを押し開けた。

正面に大きな窓があり、湖に向かって開けた噴水のある庭園が見下ろせる。雲の切れ間から差す午後の陽が、白い線となって灰色の景色に溶け込んでいた。

執務室の中は、この城の貴賓室《グレートチェンバー》であった場所をそのまま使用しているので、年代物の豪奢《ごうしゃ》な家具で埋《う》め尽《つ》くされている。大理石のマントルピースや部屋の中央に下がるクリスタルのシャンデリア、床を覆《おお》う毛脚の短い絨毯《じゅうたん》はもとより、四方の壁には、歴代レント伯爵《はくしゃく》や家族の肖像画の他に、ターナーの風景画や神話の世界を描いたラファエル前派の絵が飾られている。花台に置かれた陶磁《とうじ》の花瓶《かびん》や螺鈿《らでん》の小物入れなど、十七世紀から十八世紀にかけて東インド会社がもたらした東洋の工芸品も、あちこちに見られた。

しかしそれらの調度品にユウリが感心していられたのも束《つか》の間《ま》で、窓の前をイライラと行きつ戻りつしていたグレイが、すぐに怖い顔をして近づいてきた。

「遅いな。何処《どこ》にいた？」

高圧的な態度に押され、悪いことをしたわけでもないのにとっさに謝ろうとしたユウリを手で制すると、シモンは冷ややかにグレイを見返した。

「昼の休みに何処《どこ》へ行こうと、文句を言われる筋合いはないですね。それより、いったいこれは何事です？」

言いながら、状況を示すように大きく腕を動かした。最終的に手が示した先には、マントルピースの前に赤を基調に金糸銀糸で刺繡《ししゅう》を施《ほどこ》したソファーセットがあり、見慣れた顔が並んでいた。赤毛のラントン、眼鏡《めがね》をかけた勤勉家のパスカル、ロシア系移民のウラジーミルといった馴染《なじ》みぶかい七人が、苦虫を嚙《か》みつぶしたような表情でこっちの様子を窺《うかが》っている。

彼らの顔を一瞥《いちべつ》して、シモンはグレイに視線を戻す。

ユウリは仲間たちと目でやり取りするが、わかったことといえばみんながうんざりしているということだけだった。

「言うまでもないことと思うが」

シモンの視線を受けて、グレイのほうから口火を切る。

「昨日の件で、ちょっと問題が起こってね」

「昨日の件？」

シモンが疑わしそうな声で訊《き》き返《かえ》す。

昨日の件といえばアレだろうと、ユウリは思う。面子《メンツ》も、これでヒューが揃《そろ》えば、百物語の再開だった。

「例のオカルト騒ぎの件だよ」

「……ああ」

シモンの声にも、うんざりした様子が感じられた。「しつこく蒸し返すな」と表情が言っている。その気持ちをシモンは婉曲《えんきょく》に伝えた。

「その話は、すでに終わったものと思っていましたがね」

「ちょっとした問題が起こったと言っただろ？」

グレイは、背を反《そ》らすように後ろで手を組むと、シモンからユウリに視線を移した。

「フォーダム」

指名されたユウリは、戸惑った瞳《ひとみ》をグレイに向ける。

「昨日の晩のメンバーで、いまここにいないのは？」

ユウリはもう一度、ソファーの仲間をひととおり見回してから答える。

「ヒュー・アダムス」

「ああ、アダムスは除外していい。彼は、いま、医務室だ」

「えっ？」

初耳である。ユウリが真偽《しんぎ》を問う目を仲間に向けた時、畳《たた》みかけるようなグレイの言葉が耳朶《じだ》を打った。

「後は？」

反射的に見返したユウリに、グレイがゆっくりと教《おし》え諭《さと》すように言った。

「後は誰だ？　あそこにはもう一人いただろう」

ユウリは、傍《かたわ》らのシモンを仰ぎ見た。シモンのほうでも、ユウリをちらりと見下ろす。

「他には、いません」

ユウリの頼りなげな返答を、シモンが補強した。

「百物語、本来ならば百人の語り手を用意しなければならないところを簡略化《かんりやくか》してわざわざ十人というきりのいい数字にしたんです。間違えようがありません」

断言するシモンだが、言葉に反して、前髪を長い指先で梳《す》き上《あ》げた。シモンが考え込む時の癖《くせ》である。

「いいや。確かにもう一人いた」

グレイはグレイで、何か根拠でもあるのか、頑《がん》として譲らない。それは自分の間違いを認めたくないだけの意固地《いこじ》さとはちょっと違うようだ。

その時、ソファーにいる他のメンバーのあいだにざわめきが起こった。互いを小突《こづ》きあいながら、「ほらみろ」とか「やっぱりそうなんだよ」などと夢中になって話している。

「君たち。何か言いたいことでもあるのか？」

とがめるようなグレイの声を受けて、彼らは静まり返った。ばつが悪そうに互いの様子を窺《うかが》っている。ユウリも不思議そうに彼らを見つめた。

「あのですねえ、」

やがて仲間の一人でのんびり屋のルパート・エミリが、間延びした口調で言った。

「ラントンが、あそこにもう一人いたって、昨日から言うんですよ」

「僕だけじゃない。ヒューだって部屋に帰ってからそう言ったんだ」

ユウリは、目を丸くして口元に手を当てた。

「なんの話だ？」

訊《き》いたのは、シモンである。

相手がシモンのせいか、顔を上気させたラントンが得意げに話し出す。

「それがさ、あの時、シモンが後ろを通っていったと思ったら、急に正面でシモンの声がするじゃん。すごくびっくりしたよ。シモンが瞬間移動したのかと思ったけど、よく考えたら、他の誰かが歩いていたようにも思うんだ」

(同じだ)

ラントンの話に耳を傾けていたユウリが、あの時のことを思い出す。背中を行き過ぎていったのは誰だったのか。

「だけど、後で話してみたが、シモンの話の最中に席を立った奴《やつ》はいない」

皮肉屋のウラジーミルが冷静に指摘した。

「そういえばユウリにはまだ確認していないけど、君はあの時、席を立ったりしたかい？」

眼鏡《めがね》をかけたパスカルの問いかけに、ユウリはすぐに首を横に振った。

「と、いうことは……」

理論的なパスカルが、困ったように先を言いよどむ。

場が一瞬静まり返った。

突然、グレイが木机を拳固《げんこ》で二度ほど打ち鳴らした。

「いい加減にしてくれたまえ。君たちは、いったい何が言いたいんだ？」

「何がって……」

グレイの剣幕《けんまく》に、彼らは首をすくめて顔を見合わせた。

「要するに、彼らは、あそこにはこちらの意図しない誰かがいたかもしれないと言っているのでしょう。それなら、もう一人いたというそちらの主張とも一致する」

冷笑とも微笑ともつかぬ笑いを浮かべて、あくまでも優雅にシモンが指摘する。

「意図しない誰か。幽霊がいたとでも言う気かね？」

嘲《あざけ》るように言ったグレイに、みんなが口を噤《つぐ》む。

「思うに」

どうにか考えをまとめたらしいパスカルが、落ちた眼鏡をずり上げて話し出す。

「あの時、シモンはみんなの背後を回りながらしゃべっていた。しかも蠟燭《ろうそく》は一本しかなくて暗闇《くらやみ》同然だったよね。暗闇は人の感覚をくるわせるというし、僕自身、途中からシモンの声とシモンの動きが妙に切り離されてばらばらになったような幻想にとりつかれた。それというのも、声だけが頼りで、実際にシモンが何処《どこ》を歩いているかは判然としていなかったわけだから、みんなの記憶の中にシモンの残像があってそれが動いていたと考えられるんじゃないだろうか」

筋の通った説明に、ウラジーミルは小さく口笛を吹いた。グレイが睨《にら》む。

「建設的な意見を感謝する、パスカル」

激昂《げっこう》しそうな感情を抑《おさ》えて、グレイはみんなの顔を見渡した。

「幽霊か幻覚かは知らないが、私は与太話《よたばなし》には興味がない。知りたいのは、第二学年《フォースフォーム》のマイケル・サンダースの居所だけだ。彼は君たちと一緒だったのではないのかね？」

「サンダース？」

突然の話題の転換に、集《つど》った者たちは一様にきょとんとした表情になる。

「サンダースなら、ヒューと、あっ」

ばっくれたと言いかけたラントンを、仲間たちがいっせいに小突《こづ》いた。本人もすぐに気がついて口に手を当てる。

「ヒュー？　ヒュー・アダムスのことか？　それがどうしたというんだ？」

グレイが険しい表情でラントンを睨《にら》んだ。

「っていうか、その」

ラントンは真っ赤になって、しどろもどろになっている。

「ヒュー・アダムスは、サンダースたちがいる階の階代表《ステアマスター》なので、彼に訊《き》けばわかるかもしれないとラントンは言いたいんでしょう」

静かな口調でシモンが助け船を出す。ラントンは助かったと言わんばかりにぶんぶんと縦に首を振りつづけた。グレイが胡散《うさん》くさそうにシモンとラントンを交互に見る。

「そうか、残念だな。君たちなら知っているかとも思ったんだが」

やがてグレイは諦《あきら》めたようにため息を吐《つ》いた。

「他でもない、そのヒュー・アダムスが、サンダースが行方不明になったと報告してきたのだからね」

4

「グレイは、何を考えているんだろう」

考えていたことがユウリの口をついて出た。クリケットの寮対抗試合が終わったクラブハウスの更衣室でのことである。

「なんにも考えてないんじゃない？」

窓の桟《さん》に寝そべってパタパタと上着で風を送るルパートが、笑いながらのんびりと返す。

「選挙のことだろ。それで頭がいっぱいなんだ。いま寮内で問題が起これば、間違いなく寮長の責任が追及される」

ロシア系移民のウラジーミルが、泥にまみれた体操着を乱暴に脱ぎ捨てながら皮肉たっぷりに批判した。

「選挙……」

ユウリは憂鬱《ゆううつ》そうに言って、そっとシモンを窺《うかが》った。

彼らが言及しているのは、執務室で起きたグレイとの決裂のことである。

サンダースが行方不明と聞いて、さすがのシモンも驚いたようだった。何よりもまず、警察に捜索願《そうさく》いを出したのかと尋《たず》ねたのだが、「冗談ではない」というのが、グレイの返答だった。

ユウリは、その時の様子を思い起こす。

「警察どころか、教授陣にもまだ知らせてはいない。このことを知っているのは、舎監《しゃかん》と私、それに校長だけだから、君たちも下手《へた》に騒がないでもらいたい」

グレイは、きつく命ずる。

納得いかないのは、シモンたちである。

「何故《なぜ》です？」

「何？」

「何故、隠す必要があるのかと訊《き》いているんです」

珍しく激しい口調で詰め寄るシモンを、グレイは愉悦《ゆえつ》に満ちた顔で見やった。

「夜中に男二人で何をしていたのかと訊かれたら、どう説明する。いいか、これは立派なスキャンダルだ。学校側にとっても、彼らにとっても、できるだけ極秘裏に処理するのが賢明なんだよ」

「賢明？」

はっと吐《は》き捨《す》てるように嘲笑《わら》って、シモンはぞっとするほど冷たい水色の瞳《ひとみ》でグレイを見据《みす》えた。

「サンダースの身に何かあってからでも、そんなことが言えるのですか？」

その迫力にグレイは完全に呑《の》まれたようだった。言葉を失って、シモンの顔を呆然《ぼうぜん》と見つめる。

「騒ぐなとおっしゃる。いいでしょう。騒ぎませんよ。その代わり」

シモンは突き放すようにさっときびすを返す。ユウリの傍《かたわ》ら へ歩み寄り肩に手をかけて促《うなが》してから、肩越しにグレイに宣言した。

「こっちは、勝手に捜すことにします」

シモンがユウリを連れてドアに向かうのを見て、ソファーの仲間たちも次々に立ち上がって後に続いた。その後すぐにクリケットの試合が開始され、いまになってようやく人心地《ひとごこち》がついたところなのだ。

「まあ、でもさ、あんまりグレイばっかり責めても悪いんじゃないかな。きっとグレイにも立場があるんだよ。それに、僕だって、ハワードを総長にはしたくないと思っているし、いまここでヴィクトリア寮《ハウス》に問題が起こるのはやっぱりまずいと思うよ」

英国貴族を代表するエーリック・グレイを尊敬しているラントンが、グレイを庇《かば》うような発言をした。

「グレイの立場って何？」

不満そうなユウリの問いかけに、ラントンは蔑《さげす》むような目を向けた。

「君のような人間には関係のないことさ」

するとそれまで黙々と着替えをしていたシモンが、ふいに口をきいた。

「口を慎むんだね、ラントン」

クリケットの試合中も、ふだんの軽やかさを脱ぎ捨て、背中に深い怒りをたたえていたシモンである。氷のような鋭さがラントンを射貫《いぬ》いた。

「君の品性を疑うよ」

痛烈な一言を発するシモン。むしろ二人のあいだをとりなすように、パスカルが横からラントンを諭《さと》した。

「君たちの社会にもいろいろな価値観があるのだろうけど、常識で考えて人の命に優先される立場なんてあるのかな？　まして僕らは学生だよ。立場なんてみな平等だと思うけど」

みんなに非難の目を向けられ、ラントンは困ったように下を向いた。

「ちぇっ、ヒューがいたらな」

ぼそりと呟《つぶや》く。最後は英国貴族の立場にすがるのが、ラントンの悪い癖《くせ》である。

「ヒューといえば、彼はどうしたの？」

ユウリが、そこで思い出したように尋《たず》ねた。

「ヒューと同室なのはラントンだったよねえ」

のんびり屋のルパートの間延びした声が、その場の険悪な雰囲気を一掃《いっそう》した。

ヒューは、シモンと同じように一階下の階代表《ステアマスター》を務めている。相棒は、同じ英国人のラントン。好んでというよりは、貴族に憧《あこが》れる中産階級《ジェントリー》の御曹司《おんぞうし》として、ラントンは何かと使いやすいのだろう。

「ああ、うん。よく知らない。昨日はあれから、例のご遊行だったから」

いつもほど威勢のよくないラントンの返答に、シモンもさすがに口調を和らげた。

「ご遊行《ゆうこう》ね。それでヒューとサンダースは、何処《どこ》で会っていたって？」

みんなが、顔を見合わせる。誰もそのことは知らないらしい。

「あ、でも、そういえば、以前、一度聞いたことがあるよ」

ラントンが、慌《あわ》てて言った。まるでヒューのことで知らないことがあってはいけないような調子である。

「なんでも、自分は魔法の鍵《かぎ》を手に入れたって」

「魔法の鍵？」

「なに、それ。おとぎ話みたいだねえ」

シモンがいわくありげに呟《つぶや》き、ルパートが呆《あき》れたように訊《き》く。

「知らないけど、そう言ってたんだ」

「僕も聞いたことがあるな」

ウラジーミルが言った。

「同じものかどうか知らないけど、毎年、上級生から下級生に受け継がれている秘密の鍵《かぎ》があるって話だ。どういうわけか第三学年《フィフスフォーム》の人間が持つというしきたりらしい。それ以上詳《くわ》しくは聞いてないけど」

ユウリが何かを思いついたように、ぱっと顔を上げた。シモンのほうを振り返る。

とたん――――。

ユウリの表情が、凍りつく。

(あれは?)

驚いたようにある一点を凝視《ぎようし》する。

そこに、少年がいた。

毛布に身を包んで、心細げに周囲を見回しながら視界を横切るところだ。

昨日から行方不明だというサンダースのことをユウリはよく知らなかった。しかし、何かがユウリに訴える。

「……ねえ、行方不明のサンダースって、もしかして小柄で亜麻色《あまいろ》の髪に紺青《こんじよう》の瞳《ひとみ》?」

「なんだ、よく知っているな。てっきりユウリは知らない――――、ユウリ?」

誰が言ったかわからない肯定の言葉も聞き終わらぬうちに、ユウリは脱兎《だつと》のごとく走り出していた。

「君、待って！」

「ユウリッ！」

「馬鹿」

「危ないっ！」

みんなの悲鳴が交錯《こうさく》する。

一瞬のことだった。

少年の後ろ姿にあと一歩で追いつくと思った刹那《せつな》、かくんと、ユウリは腕を引っ張られた。

「えっ？」

身体《からだ》の受けた衝撃で我に返ると、目と鼻の先にユウリ自身の目と鼻があった。呆気《あっけ》にとられた間抜けな顔。

「あ、あれ？」

ユウリはきょろきょろと辺りを見回す。そこには、腰を浮かせたり腕を伸ばしたりしたまま、驚愕《きょうがく》に固まった仲間たちの引きつった顔が並んでいた。

呑気《のんき》に振り返ったユウリの様子に、彼らの緊張が一気に解ける。同時にいっせいに非難の声があがった。

「あれ、じゃないよ」

「びっくりさせるなあ」

「本当だよ。心臓が止まるかと思った」

「だいたい、鏡に向かって、全力疾走する奴《やつ》があるか？」

（鏡？）

ラントンの驚き呆《あき》れた言葉に、ユウリは首を巡らせた。するとそこには確かに、大きな姿見《すがたみ》があってユウリとシモンの姿を映し出していた。

「そんな馬鹿な……」

ユウリの呟《つぶや》きに、ウラジーミルが肩をすくめた。

「それはこっちの台詞《せりふ》だよ、ユウリ。シモンがとっさに受け止めてなかったら、お前、いまごろ血まみれだぜ」

「本当。シモンに感謝しろよ」

ラントンもかなり不機嫌そうだ。

「ありが《メルシ》とう《ボクウ》、シモン」

敬意を表しシモンの母国語で礼を言って、腕の中から抜け出した。

「どう《ジュ》い《ブ》たし《ゾン》まして《プヒ》」

「それにしても、どうしたんだい？　誰かを呼び止めようとしていたみたいだけど」

比較的冷静な態度で、パスカルが騒動の様子を語る。

「ああ、あれは……」

ユウリは、困ったように頭を掻《か》いた。

「あの子、サンダースだっけ?」

半ばやけっぱちに事実を話す。

「彼を見たんだ」

ユウリの発言に、一同はどよめいた。

「て、ことは」

みんながいっせいに、反対側の壁を見る。しかしもちろんそこに人影はない。

「サンダースは、ここにいたのか?」

誰かの漏《も》らした呟《つぶや》きを耳にして、ユウリはじっと考え込んだ。

(ここにいた?)

そこには、何か納得いかないものがある。

(本当に?)

鏡には、サンダース以外、何も映っていなかった。前にいたシモンもパスカルも。人だけではない。長椅子《ながいす》やテーブルやロッカーも、部屋の中の何一つとして映っていなかったのだ。

(魔鏡は、魂を吸い込む、か)

アシュレイの台詞《せりふ》が、こんな時に不吉に思い返される。心の壁面を、何かが音を立てて引《ひ》っ掻《か》いている。霞《かすみ》を摑《つか》むようなこの感じ——。

ユウリは、大きな姿見《すがたみ》を見やる。そこには、黒い髪に黒い瞳《ひとみ》の東洋的な自分が、ひどく頼りなげに佇《たたず》んでいた。

第三章　魔女の呼び声

1

柱頭《ちゅうとう》に飾り彫刻のあるアーチ形の高い天井が続く廊下を、ユウリはシモンと連れ立って歩いていた。向かっているのは、ヒューが休養している医務室である。名目は、階代表《ステアマスター》とその補佐として後ればせながらのお見舞いであるが、ヒューの容態が良いようであれば、サンダースがいなくなった時の様子を聞いておきたかった。

鏡に映ったサンダースの件は、念のため、グレイの耳にも入れておいた。シモンには、つまらない意地を張って事態を悪化させる気は毛頭ないのだ。

夕食時にグレイと話した時、ついでに聞いたヒューの様子は、あまり歓迎できるものではなかった。サンダースのこともあってか、ユウリにはそれがひどく気がかりである。

ユウリとヒューのつき合いも長い。転校生であったユウリの学校生活全般における世話役を担当したのがシモンであったのに対し、当時ユウリの部屋の室長だったヒューは、寮生活での面倒をかいがいしくみてくれた。後から考えると、当時から人気の高かったシモンへの対抗意識が働いたとも思えるのだが、細やかな配慮を示してくれるヒューの心遣《こころづか》いは、単なる意地の張り合いだけとも思えなかった。

今学年に進級した際などは、階代表《ステアマスター》を務めることになった双方から補佐の誘いを受け、困り果てたユウリは、パスカルの助言に従い、ユウリの出した難問を見事にクリアしたほうと組むことにしたほどである。

そんな紆余曲折《うよきょくせつ》を経て、やっと仲間として楽しくやっていけるようになった矢先に起きた不穏な事態だった。ユウリは自分の中の悪い予感が、すべて杞憂《きゆう》に終わってくれることを願うしかない。

「ヒュー、起きているかな？」

「さあ《ジュヌセパ》」

薄暗い明かりの下、医務室の手前で発したユウリの問いに、にべもない答えが返った時、急に前方が騒がしくなった。

ガッシャーンと物の壊れる音。

人の叫び声。

どうやら医務室から聞こえるようである。

ユウリとシモンが顔を見合わせたのは、一瞬だった。

二人は折り重なるように部屋に飛び込んでいく。

「落ち着け、ヒュー！」

グレイの鋭い声。彼はベッドの上に馬乗りになって、ヒューを押さえつけていた。

「嫌《いや》だ！　あ、あ、来るな！」

グレイの下でがむしゃらに手足を振り回しながら、ヒューは恐怖に満ちた叫びを発している。上から押さえつけるほうが有利であるにもかかわらず、シモンとユウリの目の前でグレイが突き飛ばされた。

「校医を呼んでこい」

二人の姿を見て取ったグレイが、叫ぶように言う。呆然《ぼうぜん》と立《た》ち尽《つ》くすユウリを置いて、シモンがすぐに駆けていった。次第に靴音が遠ざかっていく。

と、ふいに部屋の空気が冷たくなった。

紗《しゃ》がかかったように、全体が薄暗く感じられる。

背筋に悪寒《おかん》が走り、ユウリは恐怖に身をすくめた。

（何か、いる？）

そう思ったとたん、ユウリはベッドのそばに黒い影があるのに気がついた。

（あれは――――？）

「く、来るな。来るなぁっ」

ヒューの絶叫。

体勢を整えて駆け寄ったグレイが間に合わず、投げつけられた枕《まくら》が宙を飛んだ。

(ヒューは、アレを恐れている)

枕の軌跡を目で追ったユウリは、ヒューが何から逃れようとしているのか知った。

ベッドの下で、深い緑色をしたベルベットのドレスの裾《すそ》が翻《ひるがえ》る。

そこにいないはずの誰かがいる。

ユウリは、心底ぞっとした。

この体質のせいで、これまでに何度も幽霊を見たことがあった。簡単な接触を持ったこともあるくらいだ。

けれど、これほど害意のある霊体を見るのは、生まれて初めてだった。

「フォーダム、足を押さえてくれ」

グレイに言われても、恐ろしくて近づくことなどできなかった。自然と腰が引けて、足が後ろに下がっていく。逃げ出したいと、心の底から思う。

その時、栗色の巻き毛の女が、顔を上げてじっとユウリのほうを見た。虚《うつ》ろな目を見た瞬間、嘔吐《おうと》したくなるようなおぞましさが、悪寒《おかん》となってじわじわと背筋を這《は》い上《のぼ》った。

何も映さない瞳《ひとみ》。

語らない唇《くちびる》。

彼女の中は、がらんどうだった。

無意識に一歩後ろに下がったとたん、後ろから伸びた手にすっと首筋を撫《な》でられる。

悲鳴はあがらない。

止まりかけた心臓と一緒に、喉《のど》の奥で凍りついている。

「どうした？」

張りのあるつややかな声がした。コリン・アシュレイである。彼は、緊張をほぐすようにユウリの首の後ろを二、三度揉《も》みながら、頭越しにひょいと中を覗《のぞ》き込《こ》む。ヒューの上に馬乗りになったグレイと荒れ果てた室内の様子を見て、低く口笛を吹いた。

「おやおや」

呆《あき》れたように呟《つぶや》いて、医務室に入っていく。

「アシュレイか、ちょうどいい。そこの気つけ薬を取ってくれ」

薬品棚の横にあるキャビネットを指して、グレイが怒《ど》鳴《な》った。喚《わめ》きやまないヒューにたまりかねて、グレイは爆発寸前だ。

「はいはい、気つけ薬ね」

アシュレイはアルコールの入った茶色の罎《びん》を右手に持つと、ゆっくりとベッドのほうに近づいていく。

そして、壜《びん》をグレイに手渡すかと見えた、その時。

「アシュレイ！」

ユウリは、思わず叫んでいた。

ばしゃっと、派手な音がして、壜の中身はベッドの周りにぶちまけられていた。

一瞬、ユウリはアシュレイが何事かを呟《つぶや》いた気がした。

強烈なアルコール臭が、室内に充満する。

しかし何よりユウリが驚いたのは、そこにいた害意ある霊が逃げるように消え去ったことである。

まるでアシュレイが除霊でもしたかのように――――。

（この人って、まさか……）

ベッドの上でもろにアルコールを浴びてしまったグレイが、何が起きたのか理解できずに呆然《ぼうぜん》とアシュレイを見上げていた。やがて事態を把握するにいたって、怒りで頬《ほお》が染まりだした。

「な、何を――――、君は何をしてくれたんだ？」

烈火のごとく怒り出したグレイを無表情に見下ろして、アシュレイは悪びれた様子もなく言った。

「失礼。手が滑《すべ》った」

くる。

「手が滑《すべ》ったただと？」

怒りのあまり身体《からだ》が震えているグレイに背を向け、アシュレイはユウリのほうに戻って
「気分はどうだ？」

ユウリの首筋に手を当てて、熱でも測るように様子を窺《うかが》う。

「平気みたいだな」

一人で納得すると、目を細めて笑う。

ユウリは、びっくりしたまま馬鹿みたいにそんなアシュレイの顔を見上げ続けた。

そこへシモンが戻ってくる。

「校医は不在です。看病疲れか、本人が具合を悪くして町の病院に行ったそうですよ」

一気にそれだけを報告し、すぐに眉《まゆ》をひそめた。

「なんの臭《にお》いだ？」

「そこのご親切な男が、部屋じゅうに大盤振る舞いをしてくれたんだよ」

積んであった山の中からバスタオルを取り出して、グレイは頭から顔から拭《ふ》きながら答えた。言われるまでもなく、シモンはユウリの傍《かたわ》らに立つアシュレイを見やり、それから
ベッドの上のヒューを見た。

「ヒューの容態は？　ひどいようなら救急車を呼ぶが」

「心配はいらない。落ち着いている」

グレイがそっけなく言う。

ユウリもそれは確認していた。ドレスの女性の幽霊が消えたとたん、ヒューはおとなしくなったのだ。

と、いうことは、やはり。

(ヒューは、アレに取《と》り憑《つ》かれている?)

シモンが校医の不在を理由にヒューを町の病院に移すよう薦《すす》めるのを聞きながら、ユウリは考え込んでいた。

数々の不吉な予兆。そのすべてを集約するような危険な存在を、初めて認識したのだ。

(目を閉じるな)

ジャックの言葉が蘇《よみがえ》る。

同時に激しい恐怖が、ユウリの全身を襲《おそ》った。

「ユウリ」

青ざめたユウリの耳元に、アシュレイの低い囁《ささや》き声《ごえ》が届く。

「ユウリ、力がほしければ、いつでもおいで」

はっとして、アシュレイの顔を見る。

細められた目の奥で、青灰色の瞳《ひとみ》が魔性の光を放つ。頭の中では警鐘が鳴り響いているにもかかわらず、ユウリはアシュレイから目を離すことができない。口元に浮かんだアルカイックな笑いも何も、すべてが妖艶《ようえん》で蠱惑的《こわくてき》だった。

部屋の中央では、シモンとグレイの睨《にら》み合《あ》いが続いていた。

「わかった。様子を見て病院に連絡することにしよう。それで文句はないだろう」

ついにグレイが折れたらしい。煩《うるさ》そうに手を振ってシモンを追いやった。

ユウリは、それを聞いてほっとする。やはり、シモンは頼りになる。病院に行けば、とりあえず何事もおこらないだろう。

俄然《がぜん》気が楽になったユウリは、シモンに促《うなが》されて医務室から出ていきながら、ちらりと後ろを振り返る。横たわるヒューを見た瞬間、あまりにも蒼白《そうはく》な彼の顔が、再びユウリの心に不吉な影を落とした。

（力がほしければ……）

ふいに蘇《よみがえ》ったアシュレイの言葉。それは、毒のように甘い誘惑となってユウリの中にしみ込んできた。

2

真っ暗だった。

鼻の先も見えない濃密な闇《やみ》が、一面を覆《おお》っている。どんなに目を凝《こ》らしても何も見えず、不安になったユウリはその場にしゃがみこむ。

誰かが来てくれないか。ここに来て、自分の手を取ってくれはしまいか。

こんな時、心に思い描くのは、輝くばかりの金色の光。暗闇など一気に吹き飛ばしてくれるような、太陽の光だった。

しかし、辺りは相変わらず暗いまま、誰の助けもない。

すると、その時、前方にわずかな光が見えた気がした。

それは、明かりというよりは、灰色の丸い仄《ほの》かな揺らぎである。反射光のように頼りない光が、ユウリの視界にはいってきた。

ユウリは、しゃがみこんだまま、その薄ぼんやりとした灰色の輝きを見つめている。

ゆらゆらと揺らめく光の中に、黒く影が見えている。

(あれは――――)

この情景に見覚えがあるような気がした。

あれは、いつの時だったろうか。つい最近のことだったようにも思うが、頭がぼんやりしていて思い出せない。

と、ユウリのそばを誰かがすっと通り過ぎていく。

（ヒュー！）

ユウリは、叫んだつもりだった。

しかし声は声にならず、喉《のど》の奥に引っかかって消えてしまう。そのうちにもヒューはどんどん歩いていく。遠ざかっていく背中を、ユウリはなす術《すべ》もなく見送る。

（ヒュー！）

もう一度呼びかけるが、やはり声にはならなかった。ヒューの影は、灰色の光へまっしぐらに向かっていく。からかってばかりいながらも、ユウリの言葉には耳を傾けてくれるヒューの、意思を失ったような機械的な動き。

ユウリは、嫌《いや》な予感にとらわれた。

（ヒュー、行っちゃ駄目《だめ》だ！）

声を限りに叫ぶが、やはり声は声にならない。

ユウリは立ち上がり、大急ぎでヒューの後を追った。

しかし走っているつもりの身体《からだ》は、泥の中を泳いでいるかのように鈍《にぶ》い。

（ヒュー、待って）

ユウリはほとんど泣き出しそうだった。置いていかれてしまう恐怖と、行かせてはいけないという焦《あせ》りで、気がおかしくなりそうである。

(ヒュー!)

ユウリは、立ち止まって叫んだ。

ヒューはすでに、光のもとまで歩み寄っていた。

その正体は、いまでははっきりとわかっていた。

それは、一枚の大きな鏡である。

再びヒューに歩み寄ろうとしたユウリが、ぎくりと足を止めた。

鏡の後ろの闇《やみ》から、まるで生まれ出たかのように女が現れたのだ。

深い緑色のドレス。ベルベットの光沢が身体《からだ》の線を柔らかく描き出す。しかし、濃い茶のガラスの瞳《ひとみ》は、この世の何も映していない。

ユウリは、危うく叫ぶところだった。いや、叫んだのかもしれないが、声にはならなかった。

女が招くように手を差し伸べる。

ヒューはまっすぐに歩み寄る。

鏡に向かい、躊躇《ためら》う素振《そぶ》りもなく進んでいく。

ユウリは、気がついた。

鏡には、さっきと同じように人影が映っている。ユウリが忘れていただけでずっと映っていたのかもしれない。

しかしいまは、ユウリにも識別できるほどはっきりとその姿が映し出されている。

亜麻色《あまいろ》の髪に紺青《こんじょう》の瞳《ひとみ》の少年だ。

名前を呼ぶ暇《ひま》はなかった。

大きく振りかぶったヒューが、わずかな躊躇《ためら》いも見せずに、握り締めた両手のこぶしを力いっぱい鏡に叩《たた》きつけたのだ。

「駄目《ダメ》エエ！」

自分の叫び声で目が覚めた。

ベッドの上で半身を起こし、ユウリは顔を覆《おお》った。

身体《からだ》じゅうが汗で濡《ぬ》れている。

夜の空気はねっとりと重く、まるで夢の続きのように思える。

(誰か、起きてこないだろうか)

夢の中と同じことを考えて、苦笑する。

窓ガラスが突風でがたがたと鳴り、ユウリはびくりと身をすくませた。

ふいに、医務室で見たヒューの横顔が目に浮かぶ。気取り屋だが面倒見が良いヒューの血の気の失せた蒼白《そうはく》な顔。

いま思うと、あれはまさに死相だったのではないだろうか。

じわじわと嫌《いや》な予感が込み上げてくる。

グレイは、病院に連絡すると言っていた。しかし、本当に連絡したのだろうか。この夜に救急車の来た気配はなかった。

(では、まだヒューはあそこにいるのだろうか?)

じっと耳を澄ます。風が遠くでうねりを上げた。ユウリは深い夜の闇《やみ》を感じ、ぶるっと身を震わせて毛布を胸まで引き上げる。

ヒューのところへ行こうかどうか、ユウリは迷っていた。何かがとても気になっているけれど、それ以上に足をすくませる気配があるのだ。

気のせいだと思いたい。こんな夜中に出歩くなんて、正気の沙汰《さた》ではないではないか。

(きっとヒューは大丈夫)

心が訴えかける不安を、頭が理屈で封じ込める。

(何もありはしない)

けれどユウリは、心の底から怯《おび》えている自分に気がついていた。

何かが起ころうとしているのを、はっきりと感じていたのである。

『目を閉じてはいかん』

暗がりから、ジャックの声がした。

『在《あ》るがまま、見えるものを受け入れるのじゃ。手遅れにならんうちに』

「いやだ」

ユウリは目を瞑《つむ》り、毛布を頭からかぶった。

「いやだ、いやだ、いやだ。助けて」

『ユウリ、目を開けろ、目を開けろ、手遅れにならんうちに……』

誰かが毛布の上から揺すっている。

ユウリは髪が逆立つほどの恐怖を覚えて、身体《からだ》を丸めて主《しゅ》の祈りを唱える。

「天にいます我らが父よ。願わくは、御名《みな》の尊《とうと》ばれんことを。御国《みくに》の来《きた》らんことを
……」

『ユウリ、……ウリ、……リ』

ジャックの声が、次第に遠のいていく。

「我らが人に許すごとく、我らの罪を許したまえ、我らを試みに引きたまわざれ、我らを悪より救いたまえ」

やがて、すべてのものが消えていく感じがした。

夜の闇《やみ》も。ヒューの叫びも。ジャックの忠告も。

最後に、夜空をつんざく女の哄笑《こうしょう》を聞いたようにも思ったが、すべては闇の彼方《かなた》へ

去っていく。

やがてユウリは疲れ果てたように深い眠りに落ちていった。


翌朝、起きてみるとひどく頭が重かった。

ユウリは足元も覚束《おぼつか》ない様子で、老女のようにゆっくりと教会堂の入り口へ向かっている。校舎の一階の中央を貫いてつくられたトンネル通路を抜けると、正面に噴水がある石畳の広場に出る。その一角に、アーチ形の屋根と細く鋭い尖塔《せんとう》を持つゴシック建築の代表ともいえる教会堂はあった。

今朝は週に一度のミサの日で、朝食を終えた生徒たちが笑いあったりふざけあったりしながら、ユウリの横を快活に通り過ぎていった。

「ユウリ、やっぱり医務室で休んでいたほうがいい」

朝からいっこうに起きてこないユウリを起こし、食欲のないユウリに紅茶をいれ、足取りの重いユウリに歩調を合わせて歩いていたシモンは、こげ茶のブレザーをきちんと着こなした一団をやり過ごしてから、三度目の正直で同じ台詞《せりふ》を繰り返した。

しかし、ユウリは首を横に振り頑《かたく》なに拒《こば》む。シモンの気のせいかもしれないが、医務室という言葉を聞くたびにユウリがかすかに身体《からだ》を震わせるのだ。そしてそんなユウリを見ると、シモンはいつものように強引にことを運べなくなる。

二人は黙って歩き続けた。

教会正面入り口のファサードにはめ込まれたステンドグラスが朝の光を淡い色に染めている堂内は、生徒たちの囁《ささや》き声《ごえ》が充満してもなお、厳粛《げんしゅく》で荘厳な空気を漂わせていた。

やがて神父が壇上《だんじょう》に立ち、祈りと説教を述べ始める。

「主《しゅ》は皆さんとともに」

「また司祭とともに」

神父に応じて唱和する声が、緩《ゆる》やかな波となって静謐《せいひつ》な空気を震わせる。黒い聖歌集に手をのせて、ユウリも周囲に合わせて祈りを唱える。しかし思考はまったく別のところにあった。

昨晩の夢は、なんだったのだろうか。とても怖い思いをしたのだが、夢の内容は朧《おぼろ》げにしか思い出せない。ただ夢のことを考えると、ヒューのことが気になって、いても立ってもいられない気分になるのだ。

聖体拝領《せいたいはいりょう》がすみ、聖歌を歌うと、ミサは滞《とどこお》りなく終了した。

外に出ようと入り口に殺到する生徒たちを見ながら、ぼんやりと座ったままでいたユウリは、誰かの声を聞き分けて、はっと顔を上げた。

血相を変えたエーリック・グレイが、何人かの生徒を捕まえて質問を繰り返している。

それが耳に届いたのだ。

グレイが新たに生徒を捕らえた。

「君、どこかでヒュー・アダムスを見なかったか？」

はっきりと聞こえたグレイの言葉は、ユウリをひどく動揺させた。

（ヒューが、どうしたというのだろう）

ヒューを見なかったかと訊《き》く理由は一つしか考えられない。ヒューが医務室から消えたのだ。

「シモン……」

傍《かたわ》らのシモンを見上げると、彼は青い瞳《ひとみ》に冷たい怒りをたたえて、グレイをじっと睨《にら》みつけている。

「ああ、聞こえた。あの、事なかれ主義者が」

ユウリの呼びかけに応じて、吐《は》き捨《す》てるように言う。

「あれほど言ったのに、何もしなかったのか」

シモンが席を立った。まっすぐグレイに向かっていく後ろにユウリも続く。

「グレイ」

呼ばれて振り返ったグレイは、そこにシモンの姿を認めて顔をしかめた。

流暢《りゅうちょう》な英語にいっさいの感情を出さず、シモンは尋《たず》ねた。

「ヒュー・アダムスの名前が聞こえたんですが、彼が何か？」

一瞬、グレイは、ばつが悪そうな顔をする。

「朝から姿が見えない」

やがてそっけなく答える。

「朝からね。それで、昨晩は誰が彼を看《み》ていたんです？」

追及の手を緩《ゆる》めないシモンに、グレイは周囲を気にして声を低めた。

「ベルジュ。何もこんなところで、そんな話をする必要はないだろう」

シモンは相変わらず感情のない表情でグレイを見ていたが、さすがに大人げないと思ったのか、くいっと顔を傾けて入り口の脇《わき》へと誘った。

それについていこうとして、ユウリは足を止めた。すでにあらかたの生徒が出てしまった入り口の光の中に、見覚えのある姿を見いだしたのだ。

立ち枯れた木のように、細く衰《おとろ》えた老人。

ジャック・レーガンが、厳しい表情で立っていた。

「ジャック……」

ユウリの唇《くちびる》から呟《つぶや》きが漏《も》れる。ジャックの姿が鮮明になるにつれ、昨日の夢がまざまざと蘇《よみがえ》ってくる。

ヒューが歩いていた。

何かに向かって。

（アレハナンダッタッケ？）

ジャックは何も言わない。ただじっと責めるような目でユウリを見つめている。

ユウリはいたたまれない気持ちになって、彼の前に膝《ひざ》をついた。

「僕は」

背の高いマロニエの木が、風に揺れてざわめいている。

「僕は」

ユウリは、恐ろしいほどの悔悟《かいご》の念にかられて、手で顔を覆《おお》った。

するとジャックが枯れ枝のように細い腕を上げて、ユウリに皮でできた小さい袋を手渡した。

『失われたものは、元に戻らない。ただし再び作ることは可能だ。よいか、アレは鏡の魔法を「タレスの英知」と呼んでおった。それを忘れるな』

それからまっすぐに湖のほうを指す。

『さあ、弱き者よ』

時に刻み込まれたようなしわがれた声が、世の終焉《しゅうえん》を司《つかさど》る裁きの天使のごとく厳《おごそ》かに審判を言い渡す。

『少しでも勇気が残っているのなら、行って見るがよい』

破壊された扉がキイキイと音を立てている霊廟《モーソリアム》は、あれ荒《すさ》んだ様子をいっそう悲壮なものに見せていた。

ゆっくりと廟内《びょうない》に足を踏み入れたユウリは、三歩も行かぬうちに立ち止まった。

言葉は何も出ない。

そこに横たわる絶望。

大いなる悔恨《かいこん》。

ヒュー・アダムスは死んでいた。

彼の変わり果てた姿は、抱き込むように鏡に腕をかけてうつぶせに倒れていた。出血のひどい骸《むくろ》は、壮絶な苦悶《くもん》に引きつった表情で虚空《こくう》を睨《にら》みつけている。遺体のあちこちが陽光にきらきら輝いているのは、割れた鏡の細かい破片が飛び散って全身を覆《おお》っているせいであろう。

呆然《ぼうぜん》と立《た》ち尽《つ》くすユウリ。聞こえてきた真実の言葉に目をそむけた代償としては、あまりにも大きな犠牲だった。

3

「ちくしょう！」

ラントンが、椅子《いす》を蹴倒《けたお》した。

静かに本を広げていたパスカルとウラジーミルが、顔を上げて見る。

「なんで、ヒューが！」

憤懣《ふんまん》やるかたない様子で、吐《は》き捨《す》てた。誰も何も答えなかったが、心の中では同じことを思っているだろう。

ここは寮内にある自習室。さほど広さはなく、収容できるのもせいぜい十人までと思われるこの部屋に、ユウリ、パスカル、ウラジーミル、ラントンといった馴染《なじ》みの顔が揃《そろ》っていた。しかしヒューの訃報《ふほう》を前に、誰の顔も暗く翳《かげ》っている。

「生も死も　冷たくみながせ　騎馬の男よ、流れ去れ」

ウラジーミルがイエイツの三行詩を口ずさんだ。手向《たむ》けの歌である。

吐息《といき》をついて本に戻ろうとしたパスカルは、ふと窓辺に座るユウリに目をやった。机に伏《ふ》すように寄りかかり、表面の木目を意味もなく指でなぞっている。

ヒューの死体を見つけたのがユウリであることは、すでにみんなの知るところとなっていた。衝撃の大きさを物語るように、ユウリの煙《けぶ》るような黒い瞳《ひとみ》は深みを失い、何を話しかけてもろくに返事をしない。

　誰もが怒るより心配した。まるでヒューに魂を持っていかれてしまったみたいに、ユウリからはいっさいの生気が失われているのだ。せめてシモンがそばにいてくれたらいいのだが、あいにく彼は不在だった。

　パスカルは、物思わしげに壁の円い時計を見る。行方不明のサンダースの件も含め、シモンが校長に対応の仕方について直談判《じかだんぱん》しに行ってから、もう一時間は過ぎている。

「ルパート、どうだった？」

　偵察から戻ってきたルパート・エミリに、ウラジーミルが声をかける。部屋に入ってきたルパートは、いつものおっとりとした様子からは、だいぶかけ離れていた。名状しがたい表情で、情報を待っている仲間に向かって口を開いた。

「なんか、大変なことになっている」

　自習室の扉を閉めて、ルパートは声をひそめた。

「警察が来たんだよ。検死の結果を持ってきたらしいけど、そのせいで校長と舎監《しゃかん》と寮長の三人が事情聴取に連れていかれたんだ」

　状況が状況なだけに、ヒューの死体は検死解剖に回されることになっていた。事務手続き上、やむをえない処置であったらしいが、そこに何か問題でもあったのだろう。

「どうして？」

パスカルが目を丸くして訊《き》いた。

「病死じゃなかったということ？」

「よくわからないよ。死因は心臓発作らしいけど、問題は、その心臓がね」

ルパートは、いったん言葉を切った。全員の顔を見回して、ゆっくりと言う。

「つぶれていたってさ」

「つぶれて？」

ウラジーミルが忌《い》まわしそうに顔をしかめて確認する。

「そう。こう、ぎゅっとね」

ルパートは腕を前に突き出して何かを手の中で握る真似《まね》をしてみせた。

「手で摑《つか》まれたみたいに、つぶされていたそうだよ」

ルパートの言葉に、その場はにわかに凍りついた。

「な、なんでまた？」

震える声で言ったラントンに、ウラジーミルが皮肉交じりに答えた。

「それがわからないから、警察は事情聴取に来たんだろうさ」

「だけど、その話って、あれじゃん」

ラントンがぞっとしたように辺りを憚《はばか》るように見回した。

「例のシモンの話した湖の伝説、あれと似てない？」

「心臓だけだね。しかも食べられてしまったわけじゃないし」

冷静にパスカルが応じる。

と、ユウリが億劫《おっくう》そうに身体《からだ》を起こした。

「ルパート、いま言ったことは本当なの？」

ようやくのことでユウリが口をきいた時、戸口に背の高い男が姿を現した。ドアの枠に両手をついて、覗《のぞ》き込《こ》むように中の様子を探る。

「おー、いたいた」

張りのある声だが、人を食ったような口調。黒青色《ブルネット》の髪を首の後ろでちょこんと束ね、切れ長の目を細めて睥睨《へいげい》するのは、「魔術師」の異名をとるコリン・アシュレイだ。

あまりに場違いな人物の登場で動揺する彼らをよそに、アシュレイはユウリを手で差し招いた。

「ユウリ・フォーダム、お前に話がある」

みんなが、ぎょっとしてユウリを見る。アシュレイの親しげな様子は、昨日今日のつき合いとも思えない。視線が集まる中、ユウリは無表情にアシュレイの顔を眺《なが》めた。やがてのろのろと立ち上がり、戸口のほうに歩み寄る。

「ユウリ？」

したのだ。

パスカルが不安げに声をかける。なんとなく、このまま行かせてはいけないような気が

だが、制止の言葉は続かない。

アシュレイがちらりとパスカルを横目で見た。たったそれだけで、パスカルの身体《からだ》が凍りつく。軽そうでいて滲《にじ》むような毒を発する一級上のアシュレイに、そこにいる誰もが完全に呑《の》まれてしまった。

いままで考えたこともない組み合わせだが、魔術のにおいを振りまくアシュレイと神秘的な瞳《ひとみ》を持つユウリが並ぶと、一幅の絵のように違和感がない。

去っていく後ろ姿を見ながら、ラントンがこわごわと呟《つぶや》いた。

「それで僕たちは、シモンに、なんて言い訳すりゃいいんだ？」

前を行く広い背中を見ながら、ユウリは自分が何をしようとしているのか考えてみた。

目を瞑《つむ》らなくても、ヒューの死に顔が目に浮かぶ。どうしてあんなことになってしまったのか。自分はどうすればよかったのか。いくら考えてみても、わからなかった。無力な自分に何ができたというのだろう。

しかしアシュレイの顔を見た時に、その答えがわかったような気がしたのだ。

医務室で、ヒューが苦しむのを止めたのは、アシュレイだった。その時、ユウリに対して、彼はこう囁《ささや》いた。

「力がほしければ、いつでもおいで」

そうなのだ。

(力さえあれば――――)

ユウリは思った。

力さえあれば、恐れることなど何もなかった。自分がもっと早く力を手に入れてさえいれば、ヒューは死なずにすんだのかもしれない。

再び心に膨《ふく》れ上《あ》がった心身を切り裂くような悔悟《かいご》の念に、ユウリは薄暗い廊下を歩きながら表情を歪《ゆが》めた。

(ヒュー)

縦に長い窓から薄曇りの空を見ながら、問いかけるように心で呟《つぶや》く。

(僕には、君を助けることができたのかい?)

たぶんアシュレイは、その答えを知っている。彼の謎《なぞ》めいた、それでいて自信に満ちた表情を見れば、わかる。理由も方法も、何もかもを知っているのだ。

(知って――――?)

そこまで考えた時、ユウリの脳裏《のうり》にある疑問が浮かんだ。

ヴィクトリア寮《ハウス》の最上階にある南に面した自分の部屋の前まで来たアシュレイは、ドアから二、三歩離れたところで立ち止まってしまったユウリを振り返った。

「どうした？」

ユウリは俯《うつむ》いていた顔を上げてアシュレイを正面から見る。ここに至って、いやここまで来たからこそかもしれないが、ユウリはアシュレイに不審を抱《いだ》いたのだ。

ユウリの黒い瞳《ひとみ》は困惑の色を浮かべてかすかに揺れている。

アシュレイはわざわざ引き返してユウリの前に立った。曇天のため、ねずみ色に沈む廊下は、堆積《たいせき》した時をとどめて静まり返っている。

「ユウリ、どうした？」

アシュレイが同じ問いを繰り返す。ユウリは目を伏せて考え込んだが、意を決したように強く唇《くちびる》を嚙《か》んだ。

「アシュレイは」

苦しげな息を整えてから、先を続ける。

「あなたには、ヒューがああなるってことが、わかっていたんですか？」

ユウリの問いかけに、アシュレイは明らかに驚いたようだった。口元に浮かんでいた笑いが消え、青灰色の瞳が見開かれる。思ったよりも澄んだ瞳が、そこにはあった。

「そりゃ、ひどい誤解だ」

　両腕を開いて弁明する。

「俺はそこまで悪人じゃないぞ。そりゃ、何かあるとは思っていたが、まさか死ぬなんて思いもしなかったさ。こうみえても、彼のことは本当に残念だったと思っている」

「でも」

　ユウリは混乱して眉《まゆ》をひそめた。

「でも、それじゃあ、あなたはいったい何を――――」

「知っているかっていうんだろ？」

　質問を途中からさらい、アシュレイはユウリの腕を摑《つか》んで引き寄せた。真摯《しんし》な眼差《まなざ》しは、再び細められた目の奥に隠れてしまっている。

「それをこれからゆっくり話そうっていうんだろうが」

　空いているほうの手でドアを開けると、ユウリを中へ押し入れる。ドアを閉ざす間際《まぎわ》、周囲に人がいないのを確認するのを忘れない。

　一方、ひと足先に部屋の中へ入ったユウリは、くらりと眩暈《めまい》がして座り込みそうになった。

（こ、これは）

　室内を見回して、ごくりとつばを飲み込む。

　アール・ヌーヴォー風の家具の隙間《すきま》をぬって、そこらじゅうに積まれた本の山。造りつけの棚にも、上から下までぎっしりと本が並べられている。

しかしユウリをびっくりさせたのは、蔵書の多さではない。

本の山や本の陰に、うようよと蠢《うごめ》く影がある。形を持たないものから、はっきりと形を成すものまで、その数は数え上げるときりがない。特に多いのはガーゴイルと呼ばれる小鬼。ゴシック建築の柱頭《ちゅうとう》などによく見ることができる。

その異形《いぎょう》のものたちの多さにびっくりしたのだ。

おそらく古くていわくつきの本が多いのだろう。装丁を見ただけでも革張りのものや金《きん》箔《ぱく》が張ってあったりするものがあり、かなりの値打ち物が揃《そろ》っているようだった。

そして歴史の古い本には、こういった雑霊の類《たぐい》が集まりやすい。

(満員御礼、しかも姿は見えず……、なんて迷惑な客)

疲れた心で呟《つぶや》いた。

しかしユウリがさらに驚いたのは、アシュレイが彼らを無造作に踏みつけて歩いていることだった。普通は気にしないにしても、そこにいればなんとなく踏まないように避けてしまうものである。それが、アシュレイにはない。まったく躊躇《ためら》うことなく足蹴《あしげ》にして通っていくのだ。

(もしかすると、この人は……)

ユウリがそれを確信したのは、アシュレイがソファーの上で槍《やり》を持って待ち構えていた小鬼を払うことなく座り込んだ時である。座ってから、痒《かゆ》そうに腿《もも》の下を掻《か》く。

（やっぱりだ。この人、見えていない、いない、いんだ）

それはユウリの中で、大きな矛盾《むじゅん》となって広がっていく。

（じゃあ、どうして、あの時、女の霊を祓《はら》えたのだろう？）

医務室でのことがすべてただの偶然だとは、どうしても思えない。

「突っ立ってないで、座ったらどうだ？」

戸口に佇《たたず》んだままのユウリに、アシュレイは傍《かたわ》らのソファーを指し示した。籐《とう》と鮮やかな色彩の布地が組み合わされた異国風《エキゾチック》な代物だ。おそらくアシュレイ個人の所有物だろう。

ユウリは奥へ進みながら、すでに逃げ出したい気分になっていた。ひと足歩くごとに肩が重くなっていく。

アシュレイの前まで来ると、腰かけもせずにユウリは訊《き》いた。

「訊きたいことは山ほどあるんです」

「そうだろうねえ」

アシュレイはソファーにゆったりと寄りかかり、面白そうにユウリを見ている。

「最初は霊廟《モーソリアム》でしたよね。あなたは、あの時、僕に何故《なぜ》あそこにいたのか訊きましたけど、あなたこそなんであんなところに来たんです？」

背もたれに投げ出していた腕を前で組んで、アシュレイはちょっと考え込んだ。

「お前さんと一緒で、散歩ってのはどうだい？」

「ふざけないでください。だって、あなたは、あそこの鍵《かぎ》を——」

ユウリは、言いかけた言葉を呑《の》み込《こ》んだ。何かが頭の中に流れ込んできたのだ。

「鍵…………」

目の奥に霊廟《モーソリアム》の薄暗い景色が浮かんだ。鏡の前でアシュレイがかがみこんでいる場面があった。それと同時に浮かんできた台詞《せりふ》。

『魔法の鍵を手に入れたって』

そう教えてくれたのはラントンだった。ヒューとサンダースが何処《どこ》で会っていたかを、みんなで考えていた時だ。

そしてユウリが行った時、すでに霊廟の扉が開いていたことも考えれば、結論は一つだった。

「あれは、ヒューが持っていた鍵だったんですね？」

質問というよりは確認だった。

「ほお」と感心したアシュレイが、にやりと妖艶《ようえん》に笑った。

「その様子だと知っているみたいじゃないか」

「魔法の鍵で、代々受け継がれているものだとか」

断片的な情報だったが、この際、関係ないとまとめてしまう。それを聞いたアシュレイが、さもおかしそうに喉《のど》の奥でくつくつと笑った。

「魔法の鍵《かぎ》ねえ」

組んだ腕をほどいて、長い指先で唇《くちびる》をゆっくりとなぞる。

「俺だったら、快楽の鍵とでも言うけどね」

「快楽の鍵?」

アシュレイの放つ独特の色香にわけもなく頰《ほお》を赤らめながら、ユウリは努めてさりげなく訊《き》き返《かえ》した。

「そうだ。あれが、第三学年《フィフスフォーム》の奴《やつ》に譲られるってことは?」

「聞きました」

「ふむ。それなら、何故《なぜ》第三学年なのかは、考えたことはないのか?」

ユウリは、「えっ」と呟《つぶや》いて考え込んだ。言われてみれば、確かに中途半端な学年である。思いつくのは、せいぜい卒業試験に関係しているのかということくらいだった。

「お育ちがいいことで」

ユウリの返答を聞いて、アシュレイは片眉《かたまゆ》を上げて、そう評した。

「しかし、肝心なことを忘れているな」

ユウリは首を傾《かし》げて続きを待った。

「第四学年《シックスフォーム》からは、狭いながらも全員が個室になる。だから、あえて人目を忍ぶ場所を選ぶ必要がなくなるんだ」

そう言われても、ユウリには、いま一つピンとこなかった。目を上げて考え込んでいると親切にもアシュレイが易《やさ》しく言い直してくれた。

「つまりはっきり言うとだな、あの鍵《かぎ》は、セックスしたいけれど場所がない奴《やつ》らに与えられた楽園へのパスポートってわけだ」

あまりに飾らない物言いに、ユウリは真っ赤になる。しかし、思ったほどの衝撃はなかった。そんなものかと、真相をあっさりと受け入れた。

「でも、どうしてヒューがそんなものを持っていたことを、あなたが知っていたのかがわからない。僕たちですら知らなかったのに」

アシュレイとヒューの仲が良かったという話も、聞いたことがない。

それに対するアシュレイの返答は、実にあっけらかんとしたものだった。

「そりゃ、蛇《じゃ》の道は蛇《へび》、ヒューに鍵を渡したのは、他でもないこの俺様だからに決まってんだろうが」

「ああ、なるほど」

あまり深く考えずに納得する。さっきからずっと周囲を小鬼がぴょんぴょん飛び跳ねているほうが気になっていたのだ。それを懸命に無視しながら、ユウリは次の質問に移ることにした。

「じゃあ、医務室の件ですが、あなたはあの時どうしてあそこにアレがいるってことがわかったんですか。あまつさえ追い払いさえして」

「アレって？」

わかっているのかいないのか、アシュレイの惚《とぼ》けた調子からは、どちらとも判断がつかなかった。

ユウリは迷う。

こちらからはあまり情報を与えたくないが、話さなければ先へは進めない。肝心の話はその先にあるのだ。

その時、ソファーをクッション代わりに飛び込んだガーゴイルが舌を出しながらユウリとアシュレイの目の前を飛び去っていった。思わずのけぞりかけたユウリに対し、アシュレイは髪の毛一筋も動かした気配はない。たまりかねたユウリは、つい口を滑《すべ》らしていた。

「あなたには、見えてないんですね」

「見えてないって、何が？」

突然の質問に意表をつかれたのか、アシュレイは真面目《まじめ》に訊《き》き返《かえ》した。

「何がって……」

逆にユウリのほうが返答に詰まる。見えてない相手なら、何が見えてないのかわからないのも道理である。無意識に流したユウリの視線の意味を敏感に察して、アシュレイは感心したように呟《つぶや》いた。

「なるほど、そういうことか」

それから、にやりと会心の笑みを浮かべる。

「ここには、見えないいものがいるってことだな？」

ソファーから身を乗り出して、確認するように言った。

ユウリは困る。ここで肯定してしまったら、自分が見えないものが見えてしまうと認めることだ。

否定しないのを勝手に肯定と決めつけて、アシュレイは話を続けていく。

「で、まず、ここには何がいるんだ。古代の魔術師の亡霊か、それとも四大実力者の魔王たちか、それともそれとも」

可能性をあげていくアシュレイの様子があまりにも楽しそうだったので、話がそれていくのを気にしていたユウリも、つい正直に答えてしまった。

「ガーゴイルがいます。他に古い思念と雑霊、小さいものばかりです。たいして影響はないと思いますけど、運気は下がるので早めに対処を」

ユウリの言葉の途中から明らかに落胆した様子になり、アシュレイはドサリとソファーの背に沈み込んだ。

「つまらん。小物ばかりじゃないか」

まるで枕《まくら》もとに魔王でも立っていてほしいような口ぶりである。

そこでユウリはふと思った。そういえば、アシュレイはこれらの発する妖気や霊気に影響を受けている様子がない。一つ一つは微弱でも、普通、自分の部屋にこれだけ集まってきていれば、精神に支障をきたしたとしてもおかしくはないはずなのに、どうしてこんなに平然としていられるのだろうか。

それに、医務室のことだって、説明がつかない。

「やっぱり、嘘《うそ》だ」

弾劾《だんがい》するように言い切ったユウリを、アシュレイはちらりと見た。

「嘘？」

「だって、見えていないなら、どうしてあの時、ヒューを助けることができたのです？」

「ああ、あれね」

細めた目の奥で、アシュレイの瞳《ひとみ》がきらりと光る。器用そうな長い指を胸の前で組み合わせて、策略でも練るように考えに沈み込んだ。

「……俺には加護《かご》があるって言ったら、信じるか？」

やがて話し始めたアシュレイの口調は、いままでとは打って変わって低く荘重なものだった。

「加護《かご》？」

「そう。実力者の加護だ。これさえあれば、見える見えないにかかわらず、あらゆる危険を回避できるし、成功も手にできるってわけさ」

ユウリは目を眇《すが》めた。目の前のアシュレイから、いままでにはなかった異様な熱気を感じたのだ。ふと彼の姿に何かがダブった気がした。しかしそれは一瞬の幻影で、すぐに何も見えなくなる。

アシュレイは無防備に佇《たたず》むユウリの手を引いて自分の隣に座らせると、頬《ほお》に手を当てて覗《のぞ》き込《こ》むように尋《たず》ねた。

「あの時、俺が言ったことを覚えているか？」

「……ええ、まあ」

慎重にユウリは答える。何かがくるいはじめている気がした。手足が痺《しび》れるように重くなり、影がユウリにまといついてくる。

「頼りない返事だな」

アシュレイが妖艶《ようえん》な笑いを浮かべる。

「俺は、力がほしければいつでも来るように言ったはずだが、なあ、い、まが、そ、の、時、だ、とは思わないか？」

「いま？」

アシュレイは立っていって窓のカーテンを引いた。遮光《しゃこう》カーテンは、部屋じゅうのいっさいの光を奪い去る。

危険だ。何か間違っている。

そう思うのに、ユウリの身体《からだ》は金縛《かなしば》りにあったように動かなかった。

「ジャック・レーガンは、なんと言ったんだ？」

暗闇《くらやみ》から声がした。闇に惑わされて気が遠くなりはじめたユウリには、何故《なぜ》アシュレイがそんなことを知っているのかという論理的な思考が失われていた。

「ジャックが？」

「あいつは、名前を呼んではいけないとか、言わなかったか？」

「言ったよ。何度も何度もね。呼ぶと禍《わざわい》をもたらすとも。でも」

方向感覚を失って右に左に向きながら、ユウリは叫ぶ。

「一度呼ばれてしまったとも、彼は言った。あれはいったい？」

ユウリの問いには答えず、闇の中のアシュレイは質問を畳《たた》みかける。

「もし、ヒューがその名前を呼んでいたとしたら？」

「彼の死は、その禁忌《タブー》を犯した罪なのでは？」

「彼の死は、誰《た》がためのものか？」

苦しみを誘発される名前を聞いて、ユウリは顔を覆《おお》った。

「ヒュー……、ああ、ヒュー。僕がジャックの言葉に耳を傾けていたら、助けられたかもしれないのに」

ユウリの嘆きを煽《あお》るように、アシュレイは残酷な言葉を投げつける。

「呪《のろ》いは続くや否《いな》や？」

「誰がそれを止められる？」

やがて、シュッと音がして火が灯《とも》る。アシュレイが蠟燭《ろうそく》に火を移すと、揺らめく明かりが本に埋もれた部屋を妖《あや》しく照らし出した。南国の花のような異国風《エキゾチック》な香りが漂い始める。甘く官能的な香りだ。緊張した四肢《しし》を弛緩《しかん》させ、染み込むように浸透していく。

アシュレイが、ユウリの背後に立った。びくりと震えて逃げようとしたユウリの細い肩を押さえつけて、耳元に口を寄せる。

「力を受け入れるんだ、ユウリ。そうすれば、誰も傷つかずにすむ」

耳朶《じだ》に触れる唇《くちびる》が、毒のように甘い言葉を流し込む。長い指先がユウリの細い喉元《のどもと》を妖しく這《は》い、ユウリの中で呼び覚まされた感覚が身体《からだ》の奥から奔流《ほんりゅう》となって遡《さかのぼ》ってくる。

ユウリは震えていた。官能か恐怖かわからないまま、背徳《はいとく》の香りが漂う未知の世界に呑《の》み込《こ》まれようとしている自分を感じた。

その抗《あらが》いがたい魅力。

身体《からだ》から力が抜け、アシュレイという蠱惑的《こわくてき》な男の前に、無防備な姿をさらけ出す。

ユウリの様子を観察していたアシュレイは、静かに立ち上がってユウリの正面に回り込んだ。ソファーの前に敷いてあった半畳ほどのカーペットが取り払われ、床に描かれた魔法円が現れる。

アシュレイは震えるユウリを抱き上げて円の中央に移すと、自分は近くに置いてあった黒い革表紙の大判の本を手にとった。

「では、儀式を始めようか」

アシュレイが宣言したとたん、空間が狂喜した。

(力を、力を、力を、力を)

呟《つぶや》くような声が、あちこちから響いてくる。

気がつくと、そこに大勢の人影がいた。修道士が着ているようなフードつきの黒いマントを着る男、白いひげを長く伸ばした老人、三角帽をかぶって厚手のマントを引きずりながら歩く男、そんな人々が、アシュレイの背後に折り重なるように佇《たたず》んでいる。

彼らは、かつての魔術師や錬金術師たちなのだろう。力を手に入れようとして叶《かな》わなかった彼らの妄執《もうしゅう》が、アシュレイに同化して彼をひそかに動かしていたのだ。

そしていま、彼らはユウリまでも取り込もうとしている。

「東西南北、四方を守る精霊たちよ。急ぎ来《き》たりてわが願いを叶えよ」

張りのあるつややかな声が、はっきりと命令する。

すると、シュル、シュル、シュルと蛇が這《は》うような音がして、魔法円がうっすらと光を帯びた。

アシュレイの青灰色の瞳《ひとみ》は、蠟燭《ろうそく》の炎を映してちらちらと赤く燃えている。

「バカビ　ラカ　バカベ　ラクマ　カヒ　アカバベ　カルレリオス」

詠《うた》うように唱え始めた呪文《じゅもん》。

「ラマク　ラメク　バカリアス　バリオロス　ラゴズ　アタ」

やがて、呪文のリズムに合わせて床が動き出した。

ぐるぐると黒いとぐろを巻いて広がっていく。

ユウリは地底から何かが這《は》い上《あ》がってくるのを鈍《にぶ》くなった頭で感じ取る。

しかし、「やめろ！」と叫ぶ声は、身体《からだ》の奥深くに封印される。全身は、闇《やみ》から伸びると。

無数の手に押さえつけられて、一歩も動けない。

黒く開いた穴から、ぬるっと何かの触手《しょくしゅ》が這い出してきた。

ユウリの目が恐怖に見開かれる。

(ダメだ！)

渾身《こんしん》の力を振り絞って、叫ぼうとしたとたん。

ドン、ドン、ドン。

雷鳴のような響きで、部屋の扉が叩《たた》かれた。

返事も待たずに、取っ手を鳴らす音がする。しかし内側に取りつけられた錠前《じょうまえ》が、侵入を阻《はば》む。

「ユウリ！」

シモンの声がした。

「そこにいるんだろ？」

扉越しに聞こえる理知的な声に、ユウリを縛《いまし》めている無数の手が緩《ゆる》む。動こうとしたユウリをアシュレイの鋭い声が制止した。

「気をそらすな」

アシュレイは気がかりな様子でドアをちらりと見てから、呪文《じゅもん》を再開した。

「偉大なるリュシュフュージュ、我がもとに来《きた》れ。我が願い……」

すると今度は、すさまじい音がしてドアが蹴《け》られた。

舌打ちしたアシュレイが本を閉じて魔法円から出ていく。するとその後ろを、床の塊《かたまり》が追いかけた。

「危ない、アシュレイ」

ようやく声が出たユウリは、身体《からだ》を押さえる無数の手を払いながら一歩踏み出した。けれど執拗《しつよう》に追いすがる手が、激しい怒りをもってユウリの喉《のど》を絞め上げてきた。

「うわあっ」

見えない手を引きはがそうと喉に手をやったユウリは、すさまじい力に負けて床に膝《ひざ》をつく。

「は、離せ」

両膝をついて首を振るが、絞めつける力は強くなる一方だ。

「く、るしい」

酸素が不足した頭が、ちかちかと赤黒く点滅している。ぼやけた視界の先で、床の黒い塊《かたまり》がアシュレイの背中に触手《しよくしゆ》を伸ばした。

その時。

バアアンと高い音を立てて、扉が大きく開いた。あとから取りつけた錠前《じようまえ》が無残にはじけとぶ。

まるで光球が飛び込んできたようだった。

昼の陽光を背にしたシモンが戸口に立つと、ぱあっと光が差して部屋の中を明るく照らし出す。

床の黒い塊が、低くおぞましい悲鳴をあげて、すっと消滅した。

おおおおん、おおおおんと地鳴りのような響きが、地底深く遠ざかっていく。それとともにユウリの喉《のど》を圧迫していた力がすっと離れた。

げほっ、ごほっと鳴ったユウリの喉が、空気を求めて大きく運動する。

「お貴族さまにしては、ずいぶんと乱暴な真似《まね》をしてくれる」

アシュレイが低く言う。

「失礼《パルドン》。立てつけが悪かったみたいですね」

青い瞳《ひとみ》に苛烈《かれつ》なものを秘めたシモンがそっけなく返し、ユウリのほうに歩み寄る。

「大丈夫かい?」

荒い呼吸で床に手をついたユウリに手を差し伸べて起き上がらせると、シモンは有無を言わさず歩き出した。ちらりと魔法円に目を走らせたが、そのまま無言で戸口へ向かう。

「おい。このままですむと思っているのか?」

壁に寄りかかって腕を組んでいたアシュレイが、通り過ぎようとするシモンに脅迫《きょうはく》めいたことを言う。

シモンは、ユウリを逆の腕に抱き込みながら、足を止めて冷笑した。

「ご冗談でしょう。そっちこそこんなことをして、このままですむとは思ってほしくないですね」

さらりと恐ろしいことを言って、もうあとも見ずに歩き出した。

角を曲がる時にユウリがこっそりと振り返ると、戸口の前に立ってこちらを見ていたアシュレイが気がついて、ひらひらと手を振った。

その態度に、ユウリは違和感を覚える。

あれは、正真正銘の召喚魔術《しょうかんまじゅつ》だったのだろう。いま思い出してもぞっとするような空気が身体《からだ》のすみずみまで染み込んでいる。泥にまみれたように身体がだるく、自分がとても汚《けが》らわしいものになってしまったような気がしてムカムカした。

それだというのに、あれだけの術を施《ほどこ》しておきながら、アシュレイのあのケロリとした顔はなんだろう。

（まさか、あれもすべて見えていなかったなんてことは……）

可能性は否定できなかった。

ユウリはげんなりしながら、心のどこかでアシュレイを羨《うらや》ましく感じていた。

4

ユウリの手を摑《つか》んだまま寮を出たシモンは、木立《こだち》のあいだをどんどん歩いていく。二人のただならぬ様子にすれ違う生徒たちが何事かと好奇の目で振り返るが、シモンはいっこうに気にせず突き進む。

渓流《けいりゅう》にかかった眼鏡橋《めがねばし》を渡り、プラタナスの並木の奥に見える壮麗な図書館を通り越して、校舎の裏側へと道をそれる。石造りの壁を回り込むと中心に噴水のある石畳の広場に出る。その一角にある教会堂の正面扉口をくぐり、暗い室内に踏み込んだところで、シモンはやっと足をとめた。

ステンドグラスから降り注ぐ午後の陽が、室内を静かに優しく包み込んでいる。不思議なもので、曇っているほうがステンドグラスを通る陽光は柔らかい色合いになる。

シモンはユウリを連れてゆっくりと真ん中の通路を歩き始めた。先端に赤い宝石《ルビー》をあしらった白い大理石の十字架から、イエス・キリストが悲しみに沈んだ瞳《ひとみ》で地上の自分たちを見下ろしていた。

祭壇《さいだん》の前まで来たシモンは、脇《わき》に置いてある聖水盤《せいすいばん》に近づいていく。浄化された水をたたえた真鍮《しんちゅう》の水盤は、取っ手や縁《ふち》にまで精巧《せいこう》な草木模様の彫刻が施《ほどこ》してあり、美術品としても十分に価値があると思われた。

その聖水盤《せいすいばん》に無言で手を差し入れたシモンは、水をすくうといきなりユウリの頭から注いだ。

ユウリは抗議の声をあげることもなく、ただ呆然《ぼうぜん》と立《た》ち尽《つ》くす。

一度。

二度。

三度。

髪から滴《したた》り落《お》ちる聖水が、顔や背中を伝って流れていく。

不思議な気持ちだった。

ユウリは目を閉じてみた。

柔らかな光に包まれて、降るような静けさがユウリを包み込む。

静謐《せいひつ》な空間で清らかな水に浸《ひた》されたとたん、ユウリの中にあったいっさいの邪念が消えていく気がした。

(ああ、どうして忘れていたのだろう)

ユウリはこの感覚を知っていた。

幼い頃、怖い夢に悩まされた時に、必ず連れていかれた神社があったのだが、古い杉や樫《かし》の大木に囲まれた神域に足を踏み入れたとたん、いまと同じような感覚を味わったものだ。

　まるで本当に心が洗われていくような爽快感《そうかいかん》。

「目が覚めたかい？」

　アシュレイの部屋から連れ出されて以来、シモンが初めて話しかけてきた。声に少し刺《とげ》があるものの、ユウリはホッとする。自分を嫌悪する気持ちが強くて、シモンにまで嫌われているような気になっていたようである。

　ユウリは、恥ずかしそうに下を向いて小さく頷《うなず》いた。

「そう、それはよかった」

　シモンはポケットから取り出したハンカチでユウリの頭を拭《ふ》いてやる。けれどユウリはすぐにそれを中断させて、頭を二、三度大きく振った。水の玉がきらきら光りながら、飛び散っていく。

「これは？」

　ユウリの首筋に細長い痣《あざ》を見つけたシモンが、手を伸ばして訊《き》いた。

「痣になっているけれど、何があったんだい？」

「ああ」

　シモンに軽く顎《あご》を持ち上げられたユウリは、自分でも首筋に指を伸ばして見えない痕《あと》をたどってみた。何かに首を絞められた感触が、生々《なまなま》しく蘇《よみがえ》ってきた。ぞっとして身を震わ

せるが、シモンには何事もなかったふりをした。

「たいしたことじゃないんだ」

「ふうん」

あまり信じていないような相槌《あいづち》を打って、シモンはユウリから手を離した。

「それにしても、いったい君は、何を考えているんだ、ユウリ」

水に濡《ぬ》れた黒絹の髪を見つめるシモンの顔は、明らかに不服そうだ。

「あんな詐欺師《さぎし》まがいの胡散《うさん》くさい男のところに行ったら、ロクな結果にならないことくらい、わかりそうなものだけどね」

容赦《ようしゃ》のない言葉がぽんぽん飛び出してくるところをみると、本気で腹を立てているらしい。

「だって」

ユウリが子供の言い訳のようなことを口にする。

「ヒューが死んでしまって、どうしたらいいのかと思っていたら、アシュレイに力がほしければ来いって言われて。何かが違うと頭ではわかっていたんだけど、なんだかただひたすら力がほしくなって、力があれば、何も恐れることはないんだって」

「力ねえ」

シモンは、憐《あわ》れむように呟《つぶや》くと手を広げた。

「どんな力か、高が知れているな。床に描いてあったのは魔法円だと思うけど、だとしたら、召喚魔術《しょうかんまじゅつ》だろ。邪道もいいとこじゃないか。君はあいつに利用されたんだよ」

「だけど、なんで僕を？」

シモンは、ちょっとイライラしたように唇《くちびる》を嚙《か》む。

「なんでって、自分でわかっているんだろ？」

いかにも悔《くや》しそうに言うシモンは、ふだんの大人っぽい彼に比べてずっと年相応《としそうおう》に見えた。

「君の霊感が強いからに決まっているじゃないか」

ユウリはびっくりしてシモンを見上げた。シモンには薄々《うすうす》気づかれているだろうとは思っていたが、断言するほど確信しているとは思ってもみなかったことだ。

「なんで僕が知っているのかって顔をしているね」

シモンは自嘲《じちょうてき》的な笑いを浮かべて、一番前の座席の聖歌台を指で叩《たた》いた。

「そりゃ、気づくよ。この二年間、ずっと一緒にいたのに気づかないはずないじゃないか。それよりむしろ、何故《なぜ》あの男が知っていたかというほうが問題だと思うよ」

指摘されて、ユウリはほとんど考えもせずに答えていた。

「それはたぶん、僕が霊廟《モーソリアム》でジャックと話していたのを聞いていたんだ」

「ジャック？」

シモンは腕を組んで考え込んだ。

「うん、そう。さっきアシュレイはどさくさに紛《まぎ》れてジャックのことをいろいろと言っていた。でも考えてみたけど、そもそも百物語に出ていないアシュレイがジャックの名前を知っているはずはないんだ。唯一《ゆいいつ》可能性があるのは、霊廟《モーソリアム》でジャックが僕に名乗った時。それ以外には考えられない。

あとついでに言っておくと、ヒューとサンダースが会っていたのは、あの霊廟だったよ。鍵《かぎ》の話も本当で、アシュレイからヒューに受け継がれたんだって」

その目的までは言及せずに、ユウリは一度口をつぐんだ。

シモンが奇妙な目でユウリを見ていた。

「ジャックというのは、常識的に考えると僕が知っているかぎりでは、パスカルのファーストネームだ。けれど話の流れからして、とてもじゃないが彼のことだとは思えない。すると、どういうことになるか」

ユウリが小声で「あっ」と叫ぶのを聞きながら、シモンは言葉を続けた。

「どうやら君は、僕にずいぶんとたくさんの隠しごとをしているようだね」

「あの」

ユウリが慌《あわ》てふためいて、シモンの周りを意味もなく動き回った。

「そうか、ごめん」

話してないという事実には驚かされたが、落ち着いて考えてみればそうかもしれなかった。この二日ほど、あまりにも立て続けに物事が起こりすぎて、何をシモンに話し、何を自分だけで考えていたのかわからなくなっていた。

ユウリは、急いで事の次第を最初から話し始める。躊躇《ちゅうちょ》していた頃とはうって変わって何から何まで告げていく。百物語での出来事。ジャックの忠告。医務室での怪異とアシュレイの対応。そして、おぞましい夢。

さすがに夢の話に関しては歯切れが悪くなったが、他は、思い出せるかぎり細部にわたって話して聞かせた。

「ジャック・レーガンねえ」

シモンは座席に横がけして、長い説明に聞き入っていた。聞き終わると優雅に脚を組み替えて感慨深《かんがいぶか》げに呟《つぶや》いた。

「ちょっと他に気を取られているうちに、よもや、そんなことになっていようとは」

サンダースの一件に気を取られすぎて、勘《かん》も洞察力もくるったようだと反省する。

「ところで、ユウリに一つ言っておきたいのだけど」

青く透き通る瞳《ひとみ》が、下からじっとユウリを見つめる。

「君はいま、ヒューが死んだのは自分のせいだって言ったよね。けれど、君の言い分は、あくまでも仮定の話だ。つまり、僕にだって同じことが言える。もしあの時、グレイを無視して救急車を呼んでいればとか、もし君のことをもっと追及していればとか。もし、もし、もしって言い始めたら、おそらくきりがないだろう。けれどそれはあくまでも『もし』という仮定の話だ。しかも、君は肝心な可能性を考慮に入れていない」

シモンの瞳《ひとみ》の中に責めるような厳しさを見て取って、ユウリは神妙に訊《き》き返《かえ》した。

「それは、どんな？」

シモンはひと呼吸おいてから、ゆっくり一語一語丁寧《ていねい》に発音した。

「もし、昨日、君が夜中に僕を叩《たた》き起《お》こして事の次第を話していれば、という可能性さ」

「えっ？」

考えてもみなかった可能性に、ユウリは瞠目《どうもく》する。

「そんな、だって怖い夢を見たからって、いちいち人を起こすわけにはいかないよ」

「怖い夢――――」

シモンは慇懃《いんぎん》に繰り返す。

「でも君は、まさにそのことで自分を責めているんだよ。わかっているのかい？」

言葉がユウリを貫き通した。

「それに、君が本当にその夢が危険を告げていたと思うなら、夜中に人を叩き起こすことを躊躇《ちゅうちょ》するなんて馬鹿げている。もちろん、僕だって人間だから、寝入りばなを起こされれば、不機嫌にもなるかもしれない。けれど、君が切羽《せっぱ》詰まった状態にあると認識すれば、おのずと態度も変わるだろ。それとも逆の場合、君は僕の窮地《きゅうち》を救うことより自分の安眠を優先するのかい？」

わずかに視線を和らげて、シモンが悪戯《いたずら》っぽく訊《き》いた。それに対してユウリが真面目《まじめ》に頭を振るのを見届けてから、先を続ける。

「よく考えてごらんよ。相手を不機嫌にさせるのが怖くて自分の主張を引っ込めてしまうのは、何か間違っている。危険を察知したと思うなら、誰かを不機嫌にさせてでも何かするべきだよね。そんなことで人の顔色を窺《うかが》っていてどうするんだい。それが正しいと思うことなら、たとえ人から非難されても、やり通すべきだよ。まして僕は、君の親しい友人のつもりなんだ。多少の面倒ごとを持ち込まれたからといってどうこう思うと考えるのは、君が僕をあまり信用していないということになるって、気づいている？」

シモンの発している怒りの源泉に触れた気がして、ユウリはひどく狼狽《ろうばい》した。

確かにシモンの言い分はもっともなことで、話してもみないうちから、シモンが自分を軽蔑《けいべつ》するんじゃないかとか、相手にしてくれないなどと考えるのは非常に失礼なことだ。シモンがそんな人間ではないことは、誰よりもユウリが知っていなくてはならないのに、実際の自分が何をしたかといえば、知り合って間もない男の言うことに惑わされて、妖《あや》しげな儀式に巻き込まれたのだ。

「ごめん。僕が考えなしだった。相談されないことで傷つくなんて、思ってもみなかったんだ」

心底恐縮しているユウリを見て、シモンは頬杖《ほおづえ》をつきながら嘆息した。

「ユウリが無意識にやってしまったことはわかっている。だからよけい悔《くや》しいんだ。プライドも何もぼろぼろだよ。無意識に頼った相手が、あんな詐欺師《さぎし》まがいの男だなんてねえ。僕はそんなに人を蔑《ないがし》ろにしているのだろうか」

シモンの思わぬ告白に、ユウリは仰天《ぎょうてん》して言った。

「それこそ、シモンの知ったことではないはずだよ。たとえシモンにその気がなくても、他の人間の劣等感が、勝手にシモンの中に優越意識を作り上げてしまうんだ」

それは、ユウリがときどき感じることだ。

シモンほど頭が良くて見極めの早い人間は、周囲が追いつくのを待っていなくてはならないことが多い。けれどシモンは、自分がわかってしまっていることをあからさまに誇示《こじ》することなど決してしない。

それでも、人間というのは、相手が自分より一歩進んでいるという事実を敏感に察知するのだ。おおかたの場合、それは人間の持つ劣等感のなせる業《わざ》である。

シモンの場合、その落差に関して当人にはまったく罪がないとユウリは思っている。

「そう言ってもらえて、嬉《うれ》しいよ」

はっきりと言い切ったユウリに、シモンはようやく心の底から笑いかけた。

「さてと、誤解が解けたところで、これからのことを考えようか」

シモンが背筋を伸ばしてから、明るく言った。たったそれだけで、ユウリは心が軽くなるのを感じる。

「君の話を聞いていて、いくつかわかったことがあるけど、手始めに、ユウリは心の平安を取り戻す必要があるね。おそらくジャックが言いたかったのは、あんないかがわしげな力に頼るのではなく、君の中にある本来の力を引き出せと言っているのだと思うよ」

「だけど、何をするといっても、方法がまったくわからないんだ」

「……恐れるな、その時が来ればおのずと言葉は見つかる」

シモンが聖書の言葉を厳《おごそ》かに引用した。

「神様は、時任せのところがあるからね。大丈夫。やるべきことは、預言《よげん》のようにその時になったら訪れるさ。それを逃さなければいい。そういう意味では、君が昨晩、医務室に行かなかったのは正解だったのかもしれない」

「だって、そのためにヒューが……」

蒸し返された話に、ユウリの口調が哀しみを帯びる。が、シモンは、すがすがしいほどきっぱりと言い切った。

「だから、そのためかどうかはわからないって、言ったよね。君が行って助けられると言っているのは、あくまでもジャックだ。ジャックの言《げん》に絶対の信用が置けるなんて、誰が言える。君が行っても彼は助からなかったかもしれないし、あるいは君まで巻き込まれて無事にはすまなかった可能性だってあるんだ」

「ジャックが正しいとは限らない……」

ユウリは、その言葉に引っかかるものがあった。

（心臓がつぶされていたんだって）

（それって、あれだよね。湖の伝説の……）

（もっと恐ろしいのは、永遠に彷徨《さまよ》い続ける）

断片的な言葉とともに死人のように冷たかったジャックの手を思い出す。ユウリはぞっとして身体《からだ》を庇《かば》うように丸めた。

「だけど、それじゃあ、何を基準に考えたらいいのかわからなくなる」

「わからない時は、いっそ自分の直感を信じるといい。少なくとも、後悔する時に人を責めずにすむ」

あっさりと言って、シモンはユウリを促《うなが》した。

「さあ、部屋に戻ろう。君は少し睡眠をとる必要がある。精神のバランスを保つのは食べて寝るのが一番だよ」

言われて、シモンが見かけよりもよく食べることを思い出した。実感のこもった言葉である。とりあえずユウリは、誰を信じるべきかということだけは、よくわかった気がした。

「それから、調子が良いようなら、僕のとんでもない計画につき合ってもらおうか」

歩き出しながら、シモンが唐突に言った
「とんでもない計画？」

「そう。名づけて、サンダース救出作戦」

第四章　時の楔《くさび》

1

黒く底知れぬ湖面をかき分けて舳先《へさき》は進んでいる。漕《こ》ぎ竿《ざお》が水をかく音の他はいっさいの静けさに包み込まれた湖の上で、ユウリはボートの縁《ふち》に凭《もた》れて指先で水をすくった。

部屋に戻ってユウリがひと寝入りしているうちに、シモンのほうは「サンダース救出作戦」なるものを実行すべく、準備を万端に調えて待っていた。

そして草木も眠る丑三《うしみ》つ時《どき》、二人はこっそりと寮を抜け出して、桟橋《さんばし》に繋《つな》ぎ止《と》めてあるボートに乗って、夜の闇《やみ》の深い湖へと漕ぎ出したのだ。

ボートの前後の端と中央に横渡しにした棒の先に、それぞれ遮光《しゃこう》カーテンを巻いて光の散乱を防いだ懐中電灯をくくりつけ、湖面だけに光が当たるように吊《つ》り下《さ》げてある。これならば寮や学校の守衛に見つかる心配も少ないし、目的も達成することができる。

「最初におかしいと思ったのは、君が鏡の中にサンダースを見たと言った時だ」

月のわずかな明かりのもとでも造作なく漕《こ》ぎ竿《ざお》を動かしながら、シモンは言う。

「あの時の君は、なんの疑いもなく鏡に突進していったよね。だけど常識的に考えたらそんなことはありえない。部屋の中の様子が映っていれば、どうしたってそこに鏡があることを意識せざるをえないからだ」

ユウリは引き上げた手を振って水気を払うと、シモンに向き直った。

「シモンの言うとおりだよ。あの時、鏡にはサンダースしか映っていなかったんだ。他のいっさい、机も長椅子《ながいす》もシモンもパスカルも部屋の中を示すものはなんにもね」

「そう、もし他の奴《やつ》らが言ったようにあの部屋にサンダースがいたのなら、君は無意識のうちに鏡のほうではなく、振り向いて背後に彼を追ったはずなんだ。だけど、君はそうしなかった。そこで僕は、ありえそうにない可能性として、サンダースが鏡の世界にいるという考えを持った。その前にちょうど魔鏡なんて話を聞いたせいかもしれないけれどね」

ユウリがアシュレイから聞いた話を伝えた時だ。あの時点ですでにサンダースはいなくなっていた。「誰か消えでもしたのか」と訊《き》いたアシュレイは、きっとそのことをすでに知っていて、あの魔鏡との関連を疑っていたのだろう。

「それが、さっき君が話してくれたジャックの言葉で、その可能性が非現実的というだけで片づけられなくなってしまった」

シモンは漕《こ》ぎ竿《ざお》を右側から左側に移して、ボートの方向を変える。

「整理してみようか。あの夜、ヒューとサンダースは霊廟《モーソリアム》で密会していた。その途中でサンダースがいなくなり、ヒューは半狂乱でグレイの部屋に飛び込んだ。

そしてそれとは別に、ジャック・レーガンと名乗る流離《さすら》い人《びと》が、君の前に現れて忠告をする。その時に彼は『入り口を見つけた』と言ったわけだ。入り口！　なんかそう言われたら、まるで出口もどこかに存在するみたいじゃないか？」

シモンがくすくすと笑った。

「まあ、こじつけだけどね。でも、ここでちょっと思い出すのが、二年前に霊廟で行方不明になった少年のことなんだ。彼は、サンダースと同じようにあの霊廟でいなくなり、一週間後に湖で見つかった。入り口から入って出口から出る。調べたのだけど、可哀相《かわいそう》な少年はまったく泳げなかったそうだよ。もし出てきた場所が水の中であったなら、泳げなかった彼が溺《おぼ》れてしまったのも頷《うなず》けると思わないかい？」

ユウリは、信じられない思いで、シモンの話に聞き入っていた。どんなに荒唐無稽《こうとうむけい》に思えることでも、シモンに秩序だてて話されるとありうるように思えてくるから不思議だ。

「ユウリにサンダースが見えたのなら、サンダースにだってこちらのことが見えるかもしれない。穴に入った虫を誘い出すのと同じ手口だけど、湖を通してサンダースにこちらの世界の光が見えたとしたら、彼を導くことができるのじゃないかと考えたわけ」

実はシモンがこんな非現実的な提案をしたのは、一つには彼の意地であり、またやけくそでもあった。ユウリもそれは重々承知している。

一時間にも及ぶ校長や舎監《しゃかん》との話し合いで、結局、サンダースの件は警察に届けないことになったのだ。他でもない、彼の両親が強くそれを希望したからだった。息子の命より体面を重んじての選択だった。

パブリックスクールでのこの手の事件は、とかく新聞沙汰《ざた》になりやすい。ヒュー・アダムスの死因に関して不可解なことがあり、学校関係者が事情聴取を受けるという不名誉な事態となった現在、彼と肉体関係にあったと噂《うわさ》される息子が行方不明になっていると公表して醜聞《スキャンダル》を広める気にはならなかったのだ。

シモンは、サンダースの両親に対してもひどく憤慨《ふんがい》したようだが、報告を聞いた仲間の一部は、「まあ、よくある話だよな」と意外なほど冷静に受け止めた。家名が大事という傾向は、上流家庭にはありがちな話である。子供は親のためにいるのであって、親が子供のためにいるのではないのだ。

「親が子供のためにいると信じるのは、一部の幸福な人間の妄想だ」

ロシア系移民のウラジーミルが、とびきり皮肉な笑みを浮かべてそう言った。夕食時の席でのことだった。

「かつてのロシアでは、自分が飲む一杯のウォトカのために、自分の娘を道に立たせたくらいだからね。いまだって世界の各地で、自分たちの生活のために子供を売春組織に売っているじゃないか。知っているか。彼らはみんな、物心がつかないうちから、どうすれば男を喜ばせることができるかを教え込まれるんだぜ。物の善悪や正否はそっちのけで、奉仕の仕方を懇切丁寧《こんせつていねい》に教わるんだ」

手にしたスプーンを皿に投げ出して、ウラジーミルは肩をすくめた。

「この世はなんと、善意に満ちた世界であることか」

「僕も何かの報道番組で見たことがあるよ」

パンを小さくちぎりながら、ユウリも悲しそうに言った。

「そういう子供たちは、みんなとても純真だよね。一生懸命自分に与えられた仕事をして罪悪感なんてまったく持っていない」

「当たり前じゃないか。彼らは悪くないんだから」

スープで曇った眼鏡《めがね》をナプキンで拭《ふ》きながら、パスカルが硬い口調で応じた。

「もちろん、そう。罪悪感なんかない。それが救いだと僕は言いたいんだ。本人に責任のないことで、罪悪感を背負わされて生きなければならないなんて、ひどい話だから」

「でも、常識ある人間なら嫌悪感とか持って当然なんじゃないの?」

そんな状況に甘んじているほうが悪いような言い方をしたラントンに、ウラジーミルが蔑《さげす》みに満ちた目を向けた。

「彼らは、嫌悪感を持つことなんて許されない。やっていることに嫌悪感を持ったら最後、自殺するしかないだろうね」

ラントンもそれ以上は反論せずに、口を閉ざした。

そんな会話が交わされているあいだ、シモンは黙って耳を傾けていた。シモンが何を考えていたかまではユウリにはわからないが、親のエゴの犠牲になったサンダースのためにできることが少しでも残っているのならやってみようという決意はあったのだろう。

月明かりが白く尾をのばす湖面の揺らぎを見つめながら、ユウリはサンダースが見つかればいいのにと心から祈った。

と——。

ぴしゃん、と。

水のはねる音がした。ボートのすぐそばである。

ユウリは手を上げて、シモンに漕《こ》ぐのをやめるように合図する。

漕ぎ竿《ざお》が水をかく音が消え失せた。

しんと静まり返った湖は、黒く沈んで不気味だった。

ぴしゃん。

また聞こえた。

ユウリがシモンを見ると、今度は彼にも聞こえたらしく、ひとつ大きく頷《うなず》いた。

二人が息を殺して待っていると、やがて一メートルほど離れたところで、ばしゃんと水が散乱する音がして人間の頭が浮かび上がってきた。

「ちょ、何、これ」

悲鳴に近い声が響いたのと、ユウリが叫んだのは、ほぼ一緒だった。

「シモン、あれ！　君、君、大丈夫かい！」

ユウリの呼びかけに、必死で立ち泳ぎしていた少年が振り返った。亜麻色《あまいろ》の髪をずぶ濡《ぬ》れにして水を飲み込みながらも方向を変えようとしている。

「ユウリ、こっちへ」

サンダースのほうに身体《からだ》を乗り出したユウリに、シモンが言った。

「君じゃ、無理だ。僕が引き上げる」

すぐに理解して場所を譲ったユウリは、はらはらしながらシモンが小柄な少年に手を貸すのを見守っていた。ボートが揺れる中、上手にバランスを保って弾みをつけると、シモンは一気に少年を引っ張り上げた。

ずぶ濡れで震えている少年に持ってきていた毛布をかけてやりながら、ユウリは信じられない思いで彼を見つめる。

「君はマイケル・サンダースだね？」

落ち着いた頃を見計らってシモンが訊《き》くと、紫色の唇《くちびる》をした少年は、がたがたと震えながらも小さく頷《うなず》いた。

驚いたことに、本当にサンダースは湖で見つかったのだった。

真夜中に叩《たた》き起《お》こされたグレイは、驚いて医務室へ飛んできた。腕を組んで話を聞いていたが、珍しくシモンとユウリの真夜中の冒険については文句を言わなかった。

後から駆けつけた舎監《しゃかん》に対して、シモンは病院に連絡するよう強弁《きょうべん》に言い張った。「立て続けに死体を出すわけにもいかないでしょう」という脅《おど》し文句《もんく》が功を奏して、舎監は慌《あわ》てて校長に相談に行った。

そのあいだも、グレイは口をはさまずに黙っていた。何かがグレイの態度を変えたらしいことは明らかである。あるいは、ヒューの死の責任をグレイなりに感じていたのかもしれない。

舎監が行ってしまうと、シモンはサンダースが横たわるベッドに近づいて、彼の様子を窺《うかが》った。

「サンダース、少し話がしたいんだが、いいかい？」

ベッドの上で半身を起こしたサンダースが、藍色《あいいろ》の瞳《ひとみ》でシモンを見上げた。

「なんですか？」

「単刀直入に訊《き》くけど、いったい何があったんだい？」

サンダースは、首を振る。

「さあ」

「覚えてないのか？」

歯切れの悪いサンダースに、シモンが辛抱強《しんぼうづよ》く質問を重ねる。サンダースは蒼白《そうはく》な顔を俯《うつむ》けてじっと毛布を見つめた。

「サンダース？」

甘く包み込むようなシモンの声で柔らかく話を促《うなが》されて、断れる下級生はめったにいないだろう。サンダースも頼りなげな表情で上目遣《うわめづか》いにシモンを見た。

「言ったって、きっと信じてはもらえません」

シモンは、ちらりとユウリを見る。その意味を悟ってユウリは頷《うなず》いて歩み寄った。

「ねえ、サンダース。君がこんな話を信じてくれるかどうかはわからないけれど、つい最近、僕は君を見かけたんだ」

「僕を？」

サンダースは不審そうにユウリに視線を移した。

「そうなんだ。クラブハウスの更衣室にいた時、あそこの鏡の中に君が見えたんだ。毛布をかぶって不安そうに歩いていた」

「それは、僕がクラブハウスに隠れていたとでも言いたいんですか？」

藍色《あいいろ》の瞳《ひとみ》が冷たい光を帯びたのを見て、ユウリは安心させるように微笑《ほほえ》みかけた。

「そうじゃない。文字どおり、鏡の中に君がいると思ったんだよ。鏡に映っていたんじゃなくてね」

ユウリの言ったことを理解したサンダースが、びっくりして目を見開いた。

「ねえ、僕たちが、なんでこんな夜の夜中にあんなところにいたと思う？」

ユウリの発したこの質問には、サンダースは考えもせずに応じた。

「ああ、てっきり逢《あ》い引《び》きでもしていたのかと……」

あまりにも自然な調子で言われたことに、ユウリは驚きを隠せない。

「自分を基準に人を判断するべきじゃないね」

シモンが呆《あき》れたように嘆息し、軽くたしなめてから説明した。

「僕たちは、君があの霊廟《モーソリアム》から消えたのは、鏡に関係があると睨《にら》んだ。そしてある仮説からあの鏡の世界から抜ける出口が湖であると思って、灯台の代わりに懐中電灯で照らしながら君が現れるのを待っていたんだよ。こちらも半信半疑、いやほとんど冗談に近いものがあったのだけれど、実際に君は見つかった。これだけ聞いてもまだ、僕らが君の話を信じないと思うのかい？」

シモンに説得されて、サンダースはようやく話す気になったらしい。毛布の端を握り締めながら、ゆっくりと記憶の糸をたぐり始めた。

「どうして、あなたたちがそう思ったのかはわからないけれど、問題は確かにあの鏡にあったんです。あの時、月明かりを受けた鏡の表面が、まるで水面《みなも》のように揺らめいた……」

サンダースの話を聞きながら、ユウリは考える。

昨日までここには、やはり疲れた顔をしたヒューが横たわっていた。嘘《うそ》のような現実が実感を伴って襲ってきてやりきれなくなる。ヒューの訃報《ふほう》は、やがてサンダースの耳にもはいるだろう。

そしてそれは、すぐにやってきた。

話を聞き終わって、当時のヒューの様子に異常なところはなかったかとしつこく尋《たず》ねられたサンダースに逆にわけを問われて、グレイが真実を告げたのだ。

半狂乱になったサンダースは、タイミングよく到着した救急車で町の病院に運ばれていった。

結局、ヒューの死に関してはなんら情報を得られないまま、空が白み始める前にユウリとシモンは寮に戻ってきた。

透き通るような明け方の紺青《こんじょう》が辺りを包み込む木立《こだち》の中を歩いていたユウリは、突然えも言われぬ悪寒《おかん》に襲われて立ち止まった。

ヴィクトリア寮《ハウス》は、楡《にれ》の木の向こうに見えている。

ただし他でもないその寮のほうから、夜明け前の澄み切った空気を汚す、どす黒い染みのような瘴気《しょうき》が流れているのだ。

足を止めたユウリを、シモンが訝《いぶか》しげに振り返る。

しかしユウリの煙《けぶ》るような黒い瞳《ひとみ》は、恐怖をたたえてじっとヴィクトリア寮《ハウス》の南側の壁に注がれている。

するとユウリの目の先で、最上階に並ぶ窓の一つ、木枠の細長い窓から滲《し》み出《で》るように人影が流れ出てきた。

前に見た時のようにはっきりとした形はとらなかったが、ユウリは空中でかすかに深い緑色のドレスの裾《すそ》が翻《ひるがえ》るのを見たような気がした。定かではないものの気配が、すっと空気を揺らしてユウリの横を過ぎていく。

とたんに身を凍らすような恐怖が湧《わ》き起《お》こり、ユウリの口から短い悲鳴が漏《も》れる。

駆け寄ったシモンに支えられて荒い息を整えながら、ユウリは必死で考えた。

（あそこは）

ユウリは、ごくりとつばを飲み込んだ。

彼女が出てきた最上階の部屋の位置。南に面した角から一つ手前のあの部屋には、ユウリの記憶に間違いがなければ、妖《あや》しい術を施《ほどこ》す魔術師、コリン・アシュレイがいるはずだった。

2

「仰せのとおり、アシュレイの様子を見てきたけど、ちょっと顔色が悪いものの、他は健康そうでぴんぴんしていたよ。朝もよく食べていたし、問題はないと思うけど……」

シモンはそこまで言ってから、ひょいと首を傾《かし》げた。

「本当に、あの男が取り憑《つ》かれていると思うのかい？」

霊廟《モーソリアム》の横の広い石段に座っていたユウリは、曖昧《あいまい》な表情で応じた。

「たぶん、そうだと思う。少なくともあの部屋から例の幽霊が出てきたことだけは、間違いないよ」

今朝になって話を聞いたシモンは、ユウリを連れてまず場所の確認をした。ユウリが指した窓は、確かにアシュレイの部屋のものだったので、さすがに少し心配していたのである。

「まあ、アシュレイなら大丈夫かもしれないと、僕もちょっと思っていたけどね」

召喚魔術《しょうかんまじゅつ》の時、背後霊《はいごれい》のようにアシュレイを隠《かく》れ蓑《みの》にしていた魔術師たちの姿を思い返して、ユウリは納得する。

「でも、わからないのは、何故《なぜ》アシュレイのところにいたのかだよね」

気がかりそうなユウリに、シモンは冷たく言い放った。

「ちょこまかと怪しい行動をしている彼のことだから、おおかた、何かよけいなことをしでかしたんじゃないかい」

「そうかなあ」

「わかったよ《ジュヴォワ》」

いま一つ納得していないユウリに、シモンのほうが折れた。

「後でアシュレイを捕まえて、少し話を聞くことにする。それでいいね？」

それから話を打ち切るように、改めて霊廟《モーソリアム》を見上げた。

「とりあえずは、予定どおり、ここをよく調べてみよう。一連の出来事を結ぶ鍵《かぎ》はここにあるみたいだからね」

ユウリは頷《うなず》いて立ち上がった。ズボンの埃《ほこり》を手で払ってシモンの横に並ぶ。

土曜日の今日は、午前中に二つ授業があるだけで残りは自由時間となり、週末を家族と過ごす生徒や街に出て過ごす生徒たちがぞくぞくと学校から出ていく。いつもより外出する人数が多いのは、やはり起きたばかりの不穏な事件が影響しているのであろう。

結局、ヒューの死は事故死として処理されることとなった。父親である上院議員のアダムス卿《きょう》がスキャンダルを恐れたためである。これで週があければ、学校内にもふだんと変わらぬ日常が戻ってくることだろう。

けれど、一人、また一人と寮から人が消えていく中で、シモンとユウリは学校に残って真相の究明に余念がなかった。このままでは、どうあっても彼らの気持ちが収まらなかったのだ。

霊廟《モーソリアム》の中は前にもましてひんやりと薄暗い。持ってきた懐中電灯を使って壁や床も丹念に調べていく。

「初めから考えてみよう」

シモンの甘く柔らかな声が薄暗い空間を震わせる。二人は向き合った壁をそれぞれ調べながら歩いていた。

「始まりは、百物語で僕が話した湖の伝説だった。君の話だと、その途中で君とジャックは隔たれた空間を飛び越して遭遇した。おそらく君がジャックをこっちの世界に引き寄せたんだろうね」

「えっ？」

ユウリは、驚いてシモンを振り返った。それを気配で感じるのか、シモンは壁に向いたまま楽しそうに答えた。

「驚くにはあたらないだろう。あの部屋に一人増えたのは、君がジャックを眼前に見たと思った後だし、何よりジャックが君に言っている」

「ジャックが？」

「見えざるを見、在《あ》らざるものを引き寄せる。君の力をそう評価しているじゃないか。まあ、それはどうでもいい話だけどね。問題は、ジャックの忠告のほうだから」

側面をひととおり見終わったシモンが、祭壇《さいだん》のある奥の壁に近づいていった。

「ジャックの忠告は、『呪《のろ》われた名前を呼んではならない』だったね」

「そう、二度目に会った時は、もう一度は呼ばれてしまったって」

「ああ、それは少しおいておこう。まず、あれは実にタイムリーな忠告だったわけだよね。実際に僕が湖の妖精の名前を呼ぼうとしていた。というか、少なくともジャックはそう思ったのだろうから」

「あっ」と叫んで、ユウリは懐中電灯ごとシモンを振り返った。

「眩《まぶ》しいよ、ユウリ」

シモンに注意されて、ユウリは慌《あわ》てて持っていた懐中電灯を下げた。

「そういえば、シモンって、もしかして例の名前を知っているんじゃない？」

「う〜ん」

シモンは唸《うな》るように言って、肩をすくめた。

「いまも言ったようにジャックもそう思っていたらしいけど、残念ながら知らないと言ったほうが正しいだろうね」

「え、でも、あの伝説には名前が書かれてあったんだよね？」

「まあね」

「なんて書かれてあったの？　あ、でも呼んではいけないのか」

気がついたユウリは、仕事を中断してシモンのほうに歩み寄った。手に書いてもらおうとしたのだが、シモンはやんわりとその手を退《しりぞ》けた。

「たぶん、言っても平気だよ。彼女の名前は、レディ・アンタッチャブル」

「レディ・アンタッチャブル？」

「そう。まさにその名のとおり、触れてはならない女性というわけさ」

ユウリは気が抜けて肩を落とした。

「そうかあ」

残念そうな様子のユウリを慰《なぐさ》めるように、シモンが話を続けた。

「でもだからこそ、呼ばれてはいけない名前ということに真実味があるとも言えるよ。前にも言ったけど、僕の話した伝説には欠陥があるんだ」

シモンとユウリは、懐中電灯を消して壁に寄りかかる。側面の切り取られたような四角い窓から入る薄日が、何もない空間にわずかな陰影を落としていた。

「覚えているかな、あの話の中で、貴婦人と呼ばれる妖精は、領主の娘の婚約者であるジャックを誘惑する。それはいいのだけれど、その後、彼女は心臓を食べるためにジャックを殺している。これは、変なんだよ。

もともと『湖の貴婦人《ダームデュラック》』というのは、フランスのブルターニュに伝わる『中世騎士物語』に登場する湖の妖精の名称で、ケルトの妖精譚《ようせいたん》に由来する彼女は、勇敢な騎士たちの擁護者として尊敬される立場にある。

ただしイギリスでは、この湖の妖精は、モルガン・ル・フェと名前を変えて、嫉妬《しっと》深《ぶか》く戦いを好む性質が強くなる。特にアーサー王の話に関していえることで、あるいはそこに男女の何かが絡《から》んでいるのかもしれないね。この変化は妖精の持つ善性と悪性の表れにすぎないと僕は思っているのだけど、少なくとも問題の『貴婦人』と称される場合は、善性が強く出ている時に限るんだ」

シモンは、ひと息おいてから続けた。

「人間を誘惑して殺してしまう恐ろしい水の妖精はたくさんいる。有名なところで、船乗りを惑わすセイレーンや北欧神話のグレンデルなんかがいるけれど、それらを『貴婦人』と呼ぶことはない」

「それじゃあ、まるで、あの話はまったくの嘘《うそ》みたいに聞こえるけど？」

ユウリがシモンを見上げて訊《き》く。

「嘘というか、あれは後世になって誰かが、歴史と伝説をあまり深い知識もなく組み合わせて作ってしまった話にすぎないと思うんだ」

「じゃあ、まったく意味がないってこと？」

ユウリは驚いて、言った。

「だって、すべてはあの話から始まったって……」

「だからさ」

食いつかんばかりに覗《のぞ》き込《こ》んでくるユウリの額を指でトンとはじいて、シモンは先を続ける。

「火のないところに煙は立たない。僕は歴史と伝説と言ったよね。あの話の土台は、きっとこの地で起きたなんらかの事件にあると思うよ。そして、レディ・アンタッチャブルこそがそれに関係しているのだと思う。僕が伝説の記してある本を見つけたのは学校の図書館だけど、あそこの建物は、建築学的に見てもすべて十八世紀以降に建てられたものだ。創立者のレント伯爵《はくしゃく》は、イギリスの産業革命以降、急速に力を伸ばした中産階級《ジェントリー》の一人で、その後貴族に封《ほう》じられた人物であるし、年代的にも間違っていない。

けれどこの霊廟《モーソリアム》だけは、年代が違っている。これはレント伯爵より前に、ここに住んでいた人たちの建造物だろう。あの伝説がレント伯爵の時代に書かれたものだとすると、彼らはこの場所、おそらくこの霊廟に伝わる何かの話に惹《ひ》かれてあの伝説を作ったのに違いない。その元の話のヒントか何かがあればいいと思ったんだけどね」

降参するようにシモンは、手を上げた。

「こんながらんどうの場所に、何があるとも思えないな」

シモンの口から諦《あきら》めたような吐息《といき》が漏《も》れた。

「鏡があるよ」

ユウリがすかさず言った。

「もっとも割れてしまったけど」

腕を組んで考え込んでいたシモンは、ユウリの言葉に顔を上げると、すっと壁から離れた。

「確かにそうだ。サンダースを呑《の》み込《こ》んだという不思議な鏡。アシュレイの言うところの魔法の鏡か。これは、いったいどういうふうに関係してくるのだろう」

シモンは鏡の正面に回って、下から大きな鏡を見上げた。ユウリも歩いていってシモンの隣に並ぶ。

「ここで、ヒューは死んでいたんだよね」

霊　廟《モーソリアム》に入ってからは、無意識に避けていた場所である。いまでもあの時の光景ははっきりと眼前に思い浮かべることができる。

「つらいようだったら、先に戻っていても構わないよ」

ユウリは首を横に振る。逆に彼の死の真相を突き止めるために、何かがしたいと思っていた。

「そういえば、」

ヒューの死に際して囁《ささや》かれた話を思い出して、ユウリはちょっと身体《からだ》を震わせた。

「ヒューの死は、ジャックの仕業ということはないだろうか？」

シモンが片眉《かたまゆ》を上げて驚きを示した。

「何かそう思う根拠があるのかい？」

「ううん。ただ、あの伝説では、ジャックって危険な存在だったと思って」

シモンは前髪を梳《す》き上《あ》げて考え込んだ。

「いいかい、ユウリ。さっきも話したように、あの伝説は、真実を極端に歪《ゆが》めてしまっている可能性が高い。けれど、僕は、ジャックに直接会ったことはないから、君の話を基準に考えるしかないんだ。いまのところ、君の話しぶりでは、ジャックに対する危機感はあまり抱いていないようだ。むしろ、深緑のドレスのお姫さまを怖がっている。違うかい？」

シモンが「深緑のドレス」と言った時、わずかにだが、すっと風が起こって女の哄笑《こうしよう》が聞こえた。それだけで、ユウリの腕に鳥肌《とりはだ》が立つ。

「どうかしたのかい？」

腕をさすったユウリを見て、シモンが心配そうに訊《き》いた。

「なんでもない。それより、シモンの言うとおり、僕の中でジャックに対する警戒心はないみたいだ」

努めて明るく言って、話題を変えた。

「そういえば、アシュレイは、この魔鏡を作ったのは、十六、七世紀頃、この辺りにいた領主の娘だと言っていたけど、それって、さっき言ったシモンの考えと一致しているね」

「確かに。やはりアシュレイには一度話を聞いたほうがよさそうだ」

やれやれといった素振《そぶ》りで、シモンも認める。ユウリは、その様子が可愛く見えてくすくすと笑ってしまう。

「なんだい《コモン》？」

「いや、シモンにも苦手な人っているんだなと思って」

「ああ、話してみて思ったけれど、アシュレイは、苦手というより天敵って気がする」

ユウリは爆笑した。それを横目に捉《とら》えて嘆息すると、シモンは再び鏡と向き合った。

「サンダースは、鏡の中で女性に会ったと言っていたのを覚えているかい？」

「あ、それは僕も気になった。あれは誰のことだろう」

ようやく笑いを収めて、ユウリは目ににじんだ涙を拭う。

サンダースは、話の中で、鏡の中を彷徨《さまよ》っている時に一人のとても美しい女性に出会ったと言った。その人は、鏡の中にある鏡の前で髪を梳《す》いていたが、サンダースを見かけると、いろいろと親切にしてくれた。そして元の世界に戻りたければ、この鏡を潜《くぐ》り抜《ぬ》ければいいと教えてくれたのだ。それでもサンダースが鏡の前で迷っていると、その中に光がちらちらと灯《とも》るのが見えて、その光に誘われるように鏡を潜り抜けたら、あの湖に飛び出したそうなのだ。

「髪を梳《す》くというのは、湖の妖精がよくやる仕草《しぐさ》なんだよ」

シモンがポツリと言った。

「妖精ねえ。それっておかしくないかな。本来、湖にいるはずの妖精が、鏡の中にいるってことになる」

「そう。そして、鏡の世界の出口は湖だということは、サンダースの件で証明された」

シモンは、水色の瞳《ひとみ》を鋭くきらめかせた。

「僕には、何かが歪《ゆが》んでいるとしか思えない。そして歪みのある場所には作為がある。手品で言うならトリック、だけどこの場合は、魔法が成立するための意味の変換があるんじゃないだろうか」

「意味の変換ね」

ユウリは、以前にもシモンがそんなことを言っていたのを思い出す。

「そうだよ。ファウストのメフィストフェレスや魔女たちが盛んに行う魔法だ」

そこでユウリはジャックの話を思い出した。

(ジャックは、鏡の魔法のことを言っていた。確かタレスの英知)

あの時ジャックに手渡された皮袋には砕けた鏡の破片が入っていた。それは間違いなく、霊廟《モーソリアム》の鏡の残骸《ざんがい》であった。

　ユウリは、シモンの顔を窺《うかが》う。

「ねえ、シモン。タレスって古代ギリシャの哲学者だよね。その英知ってなんだろう？」

　こんな馬鹿な質問をしてもいいのだろうかという不安はあるが、この際そんなことは言っていられない。ヨーロッパに生まれた人間と比べてギリシャ・ローマの古典についての知識が薄いのは否《いな》めない。

　しかしシモンは鏡の後方にゆっくりと回り込みながら、馬鹿になどせず丁寧《ていねい》に教えてくれた。

「イオニア学派」

　石の壁をシモンの穏やかな声が伝う。

「つまり初期ギリシャ哲学だけど、彼らの思想の根本は、自然主義といわれるとおり、自分たちを取り囲む世界の解明にあった。秩序だった物事の相関は、ある一つの原形質に集約されるべきだという考えは、やがてプラトンのイデア論を生み、さらに西洋形而上学《けいじじょうがく》の基礎を築くことになる。まあ、それは後の話だけどね。問題のタレスは、原形質を水であると言った人物だ」

「あ、万物は水である」

　納得したユウリだが、壊れた鏡との関係となるとわからない。

「ユウリの言っているのは、ジャックの言った鏡の魔法のことだね」

ユウリの考えを推測して、シモンが補足する。

「おそらく、外相がいかに変わろうとも本質が同じだということなんだろうけど」

シモンの言葉を反芻《はんすう》しながら、ユウリは目を瞑《つむ》って己《おのれ》のインスピレーションを解放した。

鏡と水。

入り口と出口。

位相の変換。

では――――。

(これらを貫く本質は?)

キーワードが増えていく分、頭も混乱の度合いを増していく。

「ユウリ!」

めったに聞けないシモンの切迫した声。

考えごとから引き戻されたユウリは、声のしたほうに駆け寄った。

鏡の裏側に回り込んでいたシモンが、しゃがみこんで台座に向けて懐中電灯を当てていた。

霊廟《モーソリアム》の中でも特に薄暗い場所。

心なしか気温も低く感じられるその場所で、シモンは何かをじっと見ている。器用そうな指先が台座の上を滑《すべ》っていく。

「どうしたの？」

近づいていくと、シモンがそっと手招きをする。

「見てごらんよ。ここの一部が崩れて、下から別の石が露出している」

シモンの肩越しに顔を近づけたユウリも、感嘆の声をあげる。

「本当だ。何か書いてある。グ――」

言いかけたユウリの口を、シモンの手がふさいだ。

「気をつけるんだよ、ユウリ。触れてはいけない物は、たいていの場合、こうして隠される」

シモンは、明らかに壊れて露出したと思われる奥の石を指し示した。

グレンダ・ダンバートン。

「これは、間違いなく人の名前だよ。その下は、ラテン語だね。ウエノモノノタマシイヲココニフウジル……」

シモンとユウリは間近に顔を見合わせた。

「これって、お墓？」

「そのようだね《ジュコワクウィ》。僕もここが霊廟《モーソリアム》であることをすっかり失念していたよ」

ユウリの問いかけに、シモンは嘆かわしそうに答えた。

「彼女の？」

「おそらく《ソンデュトゥ》」

しばらく物も言えずに見つめ合っていた二人だが、いつまでもそうしていても始まらないので、行動を始めた。

「墓碑《ぼひ》の下が、空洞になっているようだね」

懐中電灯で照らしながらさらに調べる二人は、崩れた台座の下の部分が少し開いているのを見つけたのだ。人の腕がやっと通るくらいの隙間《すきま》である。

「シ、シモン！」

恐れげもなく手を突っ込んだシモンに、ユウリのほうが動揺する。

「そんなことをして何かあったら……」

「何もない」

喚《わめ》くユウリをじっと見つめながら中を探っていたシモンが、つまらなそうに言った。

「ネズミの死骸《しがい》一つない。空っぽだよ」

シモンに異変がないとわかってユウリがホッとした時、いきなり背後から声がかかって心臓が止まりそうになる。

「墓を暴く者に災いあれ！」

その場で凍りついたユウリとは違い、シモンは平然と腕を抜くと立ち上がって後ろを振り向いた。

「こんなところに、なんの用ですか？」

シモンが問いかけた相手は、小脇《こわき》に抱えていた古い革の書物をすっと差し出して、何事もなかったかのようににやりと笑った。

「探し物は、ここだよ」

「アシュレイ？」

遅れて立ち上がったユウリが、驚きもあらわに呟《つぶや》いた。

「よお、ユウリ。宝探しなら、俺と組んだほうが得だぞ」

ユウリの服の汚れを叩《たた》いてやりながら、青灰色の瞳《ひとみ》が楽しそうに覗《のぞ》き込《こ》む。その横で水色の冷ややかな目が自分を見つめているのに気がついて、アシュレイは優勢を誇《ほこ》るように腕を組んだ。

「それで、俺の助けが必要なんだろう？」

3

「なるほど。これがあそこの隙間《すきま》から出てきたと？」

シモンは受け取った古い革の書物のページをぱらぱらとめくりながら言った。

霊廟《モーソリアム》の横の広い石段に座るシモンの隣で、ユウリも身体《からだ》を寄せて覗《のぞ》き込《こ》んでいる。一人、太い柱に寄りかかったアシュレイが、そんな二人を余裕の表情で見守っていた。

服装が自由な週末の午後、アシュレイはタイトな黒いズボンに青銀に青い刺繡《ししゅう》が施《ほどこ》された袖《そで》なしのチャイナ服を着ている。ジーンズにTシャツ、その上に綿のパーカを羽織ったユウリやベージュのチノパンに丈《たけ》の長い白いシャツを着ただけのシモンとは、えらい差である。とはいえ、オーダーメイドでデザインされたというシモンのシャツは、上品な着こなしも含めて着ている人間の魅力を最大限に引き出していた。

「かつてここの領主だったダンバートン家の最後の伯爵《はくしゃく》が残した日記だ。収穫というか、絶望的な話というか、いろいろひっくるめて面白かったぞ」

「あなたは、もう全部読んだんですか？」

ユウリが、アシュレイを振り返る。

「もちろん、ひと晩かけてゆっくりと」

シモンが眉《まゆ》をひそめた。

「ということは、いつこれを手に入れたのです？」

「昨日さ。おかげであんたたちの活躍は見そこなっちまったけどな。それで、どの話から聞きたい？」

ユウリはシモンを見た。シモンは日記から顔を上げて肩をすくめると、当たり前のように言い放った。

「もちろん、知っていることをすべて。秩序だてて正確にお願いします」

そして再び日記に目を落とす。

「ったくよ、可愛くねえガキだな」

アシュレイは、足で蹴《け》るような素振《そぶ》りをしてシモンのまっすぐな背中を睨《にら》みつけた。しかし、すぐに報復の仕方を思いついて目を細める。

「ユウリ」

シモンに張りついて日記を覗《のぞ》き込《こ》んでいたユウリの背中が、びくりと揺れた。

「な、なんでしょうか？」

恐る恐る振り返ったユウリをアシュレイが指先で呼び寄せると、案《あん》の定《じょう》、シモンが煩《うるさ》そうに視線を流した。

「ユウリ、お前は上級生に対する礼儀を心得ているよな。人の話を片手間に聞くなんて失礼はしないだろ」

ユウリが答えるより早く、シモンがパタンと日記を閉じた。

「失礼《パルドン》。拝聴しましょうか」

アシュレイは、細い目をさらに細めて、楽しそうに笑った。

「いいだろう。現在のレント伯爵家《はくしゃくけ》が領主になったのは十八世紀以降のことだということは知っているよな？」

目で問われて、ユウリは頷《うなず》いた。アシュレイはシモンから少し離れたところにユウリを座らせて、自分はちゃっかりその隣に腰を下ろしている。

「で、それ以前はというと、ヘンリー八世が修道院を解散させた時に、中世から続く名門ダンバートン家の所領地にされたんだ」

「修道院の解散？」

シモンが気になることがあるように顔を上げる。彼は懲《こ》りもせず再び日記を開いて目を落としていたのだ。

「もとは修道院だったのか……」

「そういうことだな」

アシュレイのほうは、あっさり流して先に進む。

「これは以前、町の郷土資料館で調べてわかっていたんだが、問題のダンバートン家は、

十七世紀の半ばに、突如《とつじょ》として歴史から姿を消している。資料によると、最後のダンバートン伯は、自分の館《やかた》に火を放って自殺したというんだ」

「火を放って、自殺？」

ユウリが驚愕《きょうがく》の声をあげて、煤《すす》けて黒ずんだ霊廟《モーソリアム》の壁に目を走らせる。忍び寄る歴史の影が、触手《しょくしゅ》を伸ばして襲いかかってくるような気がして身体《からだ》が震えた。心なしか本当に寒気もするようだった。

「壮絶だろう？」

言いながらアシュレイは、手を伸ばしてユウリの首筋に触れた。

「しかもだ。そいつの一人娘の名前は、なんと」

そこでアシュレイは言葉を切り、顎《あご》で霊廟を指し示した。

「アレだよ。見ただろう？」

低くアシュレイが告げたとたん、すっと何かがユウリの脇《わき》を通り抜けた。

ユウリの首筋の毛が逆立つ。

するとそれを予知していたかのように、首筋にあったアシュレイの手が宥《なだ》めるように揉《も》みほぐしてくれた。びっくりするユウリを、アシュレイが目を細めて面白そうに見ていた。

「お前って、ホント、敏感だな」

くつくつと笑う。

医務室の時といい、いまといい、自分が心霊現象のバロメーターにされていることを、ユウリは朧《おぼろ》げながら理解した。

「どうも、ご親切さまに」

ユウリも言い返した。しかしシモンが物問いたげな視線を投げてきたので、首を振ってからダンバートン家の話に戻る。

「彼女、領主の娘だったんですね」

ユウリは感慨《かんがい》深《ぶか》く呟《つぶや》いた。

呼ぶと禍《わざわい》が訪れるという呪《のろ》われし名前。何百年も安らぐことなく彷徨《さまよ》い続ける業《ごう》を背負った悲劇の呼び名グレンダ。

「それだけじゃない。彼女の夫が誰だかわかるか？」

「ジャック・レーガン」

答えたのはシモン。彼はすごい速さで日記に目を通しているようだった。

「そのとおり。つまり百物語でベルジュが披露《ひろう》した湖の妖精の伝説は、ある意味で史実ということになる」

ユウリは感心した。ついさっき話していたシモンの推理は、ことごとく当たっていることになる。

「でも、領主の娘が、何故《なぜ》あんなことになったんだろう？」

ユウリの問いかけに、アシュレイは肩をすくめた。

「それが、この日記に書き記されている。ただし十七世紀という時代を考えると、ある程度の推論は可能だがね」

「十七世紀……？」

人差し指を唇《くちびる》に当てて首をひねったユウリは、すぐに「あっ」と声をあげた。

「……魔女狩りか」

「そのようだね。時代は魔女狩りの全盛期だった」

シモンが日記のページの束をめくりながら口をはさんだ。

「それにしてもすごいな、これは」

「だろう？　なんでそんなになっちまったのか」

二人だけの会話をされて、ユウリは首をひねる。説明してもらえなくなるのかと思ったが、アシュレイは親切だった。

「ダンバートン家の娘は、魔女として告発されていたんだよ」

ユウリにもわかるように続きを話し出した。

「当時の魔女狩りの対象は、主に町や村の女性に対する差別や苛《いじ》めが原因だったんだが、彼女の場合は、むしろ吸血鬼として有名なエリザベート・バートリに近い存在だったらしくてね。当時の村人たちにはひどく恐れられていた」

「人の生き血でも吸ったの？」

興味をそそられたようにユウリが尋《たず》ねるのへ、アシュレイは涼しげな声で平然と恐ろしいことを告げた。

「若い男の心臓を取ったんだ」

「……心臓？」

一拍おいて、ユウリがその単語を繰り返す。

「それって、まさか」

ユウリは不安になってシモンのほうを見た。気配でわかるのか、いままで日記を見ていたシモンは、残念そうに頷《うなず》いた。

「あの伝説に一致するね。違うのは役回りだ」

アシュレイが、続ける。

「すごいぞ。最初の頃は、一か月で三十人もの若い男が殺されたと書いてある。彼らの死体が見つかっているんだが、ひどいもんで、すべて心臓がえぐり取られていたそうだ」

「どうして、そんな。彼女は本当に吸血鬼だったわけではないんでしょ？」

「ああ」

「じゃあ、どうして？」

「妖精の呪《のろ》い、と書いてある」

シモンが文字を追いながら言った。

「領主の娘は、湖の妖精を怒らせて、呪いをかけられたらしい」

アシュレイが、「ここから先は、おとぎ話みたいなもんだ」と言って、ユウリに向かって語り始めた。

「昔々、お城に住むお姫さまのところに隣国から見目麗《みめうるわ》しき王子がやってくる。二人は親しくなり結婚の約束までする。ところがある日、一人で湖を散歩していた王子は、そこで出会った湖の妖精にひと目で恋をしてしまう。貴婦人と呼ばれるその妖精は、本当に美しく気高くて、男なら恋に落ちずにはいられないような女性だったらしい。

月夜の晩に逢瀬《おうせ》を重ねる二人のことを知ったお姫さまは、怒って城に仕えていた魔法使いに頼んで湖の妖精を鏡の中に閉じ込めてしまうんだ」

その瞬間、ユウリははじかれたようにシモンを見た。シモンも軽く頷《うなず》き返《かえ》す。

「何も知らない王子は妖精がいなくなってしまったことを悲しむが、お姫さまに慰《なぐさ》められているうちに愛が蘇《よみがえ》って、二人はめでたく結婚することになった。

そして、婚礼式典の夜。

司教の前に置かれた聖水盤の水鏡の中に現れた湖の妖精が、祝辞の代わりにお姫さまに対して呪いの言葉を投げつけた」

言葉を切ったアシュレイに、ユウリは震える声で尋《たず》ねた。

「それが、あの？」

「そう、人の心臓を取るという残酷な呪《のろ》いだよ」

「それで、王子は……、ジャックはどうしたの？」

「ジャックもね、悲惨な運命に翻弄《ほんろう》されることになる」

時を経た昔の話が、語られることで現実となっていくようだった。アシュレイは、記憶を辿《たど》りながら話を進めていく。

「心臓を求めて歩きまわるお姫さまに困ったダンバートン伯爵《はくしゃく》と王子は、お姫さまを塔の一室に閉じ込めて、週に一度だけ、人間の心臓を与えることにした」

「どうやって？」

「そのまんまさ。自分の軽率さが招いた結果に責任を感じたジャックが、週に一度、若い男を殺して心臓を切り取ったんだ。まだ温かくピクピク動いている心臓を取り出すのは、どんな気持ちがしただろうな」

ユウリは、叫びそうになる口を押さえた。

血にまみれたジャックの手を思い出す。

（あの人は、どんな苦しみを抱えて永らえてきたのだろうか）

自分の前を苦しげに歩きまわっていた、年老いた姿が目に浮かぶ。

（なんという残酷な運命）

内臓がよじれて裏表がひっくり返りそうなほどの苦しみが体内を吹き荒れる。神の慈悲を乞《こ》うことさえ己《おのれ》に禁じてしまうような罪悪感。拭い去れぬ罪業《ざいごう》。

ユウリの目に、ふいに涙が溢《あふ》れてきた。

驚いたアシュレイが手を伸ばすより早く、シモンが動いていた。震えるユウリの身体《からだ》を引き寄せてそっと抱きしめる。

「いったい、どうしちまったんだ？」

アシュレイがどこか途方に暮れたように呟《つぶや》いた。それをシモンの青い目が軽い怒りをこめて見つめる。

「見えないものが見えるというのは、感受性の問題ですよ。人の悲しみや苦しみを、当人たちと同じレベルで感じ取ってしまうということがどういうことか、あなたにはわかりますか？」

アシュレイはきょとんとした目で、シモンとユウリを見比べている。理解不能と見て取ったシモンは、嘆息して手を打ち振った。

「いいです。忘れてください」

そして、そっとユウリに声をかける。

「大丈夫かい？」

「……うん」

ユウリは小さく頷《うなず》いて、自分から身体《からだ》を離した。シモンの広い胸に抱き込まれた瞬間、自分の中に怒濤《どとう》のように流れ込んできた苦しみや悲しみが、ぴたっと遮断《しゃだん》されるのがわかった。触れるほど近くに寄って初めて知る仄《ほの》かな柑橘系《かんきつけい》の香り。そのエレガントなシモンらしい涼やかな香りに包み込まれると、いっさいを投げ出してすがりつきたい衝動にかられる。温かい腕の中で不安なく過ごすという甘い誘惑になんとか打ち勝ったユウリは、頼りなげな微笑を浮かべて、友人を見上げた。

「取り乱して、ごめん。もう大丈夫」

「そう？」

了解したものの、シモンはそのままユウリの横に腰を落ち着けた。

「それで、ジャックの話でしたね」

まだ呆然《ぼうぜん》としているアシュレイに向かって、何事もなかったかのように優雅に微笑《ほほえ》みかける。

「あ、ああ」

アシュレイは目をぱちくりし、じっとユウリを凝視《ぎょうし》する。表情からは人をくったようなふてぶてしさが消え、ひどく困惑しているのがわかる。しかしそこはアシュレイで、やがて気持ちを切り替えたように、話を続けた。

「……とにかくだ。被害にあっている村人たちは、これでは収まらない。噂《うわさ》が噂を呼んで、いつしか領主の娘は魔女だと言われるようになった。しかも伯爵家《はくしゃくけ》にとって最悪だったのは、たまたまそこを訪れていた司祭が魔女狩りの推進派だったため、噂はついに国王の耳にまで届き、即刻、魔女裁判が開かれることになってしまったことだ。

絶望した伯爵は、ついに娘を殺すことを決意する。伯爵の願いを聞き入れて、娘を手にかけたのはジャックだ。ある晩二人は剣を手にして塔に入っていった。事態を悟った娘は、日記によると、神妙に二人の前に跪《ひざまず》いたそうだ。彼女も自分の呪《のろ》わしい運命を断ち切りたかったのだろう。

しかし、妖精の怒りは、それだけでは収まらなかった。娘の葬儀の時、再び聖水盤の水鏡に現れた妖精は、彼女に永劫《えいごう》の呪いを宣言した。

つまり、娘の名前は忌《い》まわしいものとなり、呼ばれるごとに禍《わざわい》が起きる。そして三度目に呼ばれた時こそ、彼女は蘇《よみがえ》って人間の心臓を求めて彷徨《さまよ》い歩くことになるだろう、と」

「なんてことを」

ユウリは、膝《ひざ》の上で祈るように組み合わせた手に、ぎゅっと力をこめた。

大地に刻み込まれた傷のようなつらく悲しい運命が、夢も見ずに眠っていたのだ。深緑のドレスが翻《ひるがえ》るたびに、ユウリが感じたぞっとするような虚《むな》しさ。あれは、絶望の彼方《かなた》に見いだす永遠の苦しみがつくるものだった。

「ダンバートン伯爵《はくしゃく》は、娘を地下室に葬《ほうむ》り、記録に残るものをすべて焼き払って館《やかた》に火を放った。たった一つ、この日記だけを別にしてだがね」

「その時に、ジャックも？」

「いや。ジャックは、違う運命を辿《たど》る。彼はお姫さまの呪《のろ》いを解くべき人間を求めて永遠に流離《さすら》う道を選んだ」

「呪いを解くべき人間を……」

くるおしげにユウリのことを「救済者《セイヴァー》」と呼んだジャック。

けれど、ユウリは恐ろしい。これほどの苦しみから人を解き放つことなど、到底自分にできるものではない。

（では、放っておいてしまおうか？）

「すでに呪いは、発動した」

アシュレイが、語気を強める。

「一は、始まりで肉体を、二は、転換して精神へ。そして、一に二を足して三が生じる。三は、結合。肉体と精神の統合だ。数の基本ってわけだな。一は二を生じ、二は三を生じ、三は万物を生じる。キリストの復活は、処刑から三日後だし、お姫さまは三度目に呼ばれたら蘇《よみがえ》るんだ」

まるで自分が呪いを宣言したかのように、アシュレイは言った。それから、ユウリに指を突きつける。

「それで、お前は何をするんだ？」

ユウリは力なく首を振る。

「わからない」

「ほお？　こりゃまた、頼りない救済者《セイヴァー》だな」

計算高く油断のならない表情で、アシュレイが腕を組んだ。

「そう言うからには、アシュレイには何か上手《うま》い考えがあるんでしょうね？」

上目遣《うわめづか》いに見ると、当然だと言わんばかりにふふんと笑った。

「簡単だろ。あれを修復して再び人の目に触れさせないように封じてしまえばいい」

顎《あご》で霊廟《モーソリアム》の奥を指し、まるで朝食のパンにバターを塗るくらい造作のないことのように言う。

ユウリは、驚く。本当にそんな単純な方法で片づけられるのだろうか。

「本当に？」

一瞬だけ、すべての恐怖から逃れられる気がして、ユウリは喜んだ。けれど、すぐに何かが違うと心に訴えかけるものがあった。

臭《くさ》いものに蓋《ふた》をするように再び時の彼方《かなた》に葬《ほうむ》り去《さ》られたとしたら、ジャックの苦しみはこの先も永劫《えいごう》に続いていくのか。

深緑のドレスの裾《すそ》を翻《ひるがえ》す彼女が絶望の果てに見た虚無《きょむ》は、埋められぬまま虚《むな》しさを募らせるのか。

「やっぱり駄目《だめ》です」

ユウリが悲愴《ひそう》な声で呟《つぶや》いた。

「ああ？」

アシュレイが、不可解そうな声を出す。

シモンも聡明《そうめい》な青い瞳《ひとみ》でじっと見る。彼には、ユウリが何を言いたいのか、ある程度わかっていた。ただ、それはユウリにとって生易《なまやさ》しいことではないと思うと迷いが生じる。

「だって」

ユウリは訴えかけるように言った。

「もう一度封印しても、ジャックも彼女も救われないから。どんなことをしてでも、彼女にかけられた呪《のろ》いを解いてあげなくちゃ」

「ふうん。ずいぶんと大きく出るじゃないか、ユウリ。お前にそんな力があるとも思えないがね」

「わかっています、それくらい。でも、まだ二回残っているし、そのあいだになんとか方法を考えてみればいい」

同意を求めるようにシモンを振り仰いだユウリの耳に、信じられない台詞《せりふ》が届いた。

「ああ、悪い。あと一回だ」

「えっ？」

シモンとユウリは、同時に言った。それから憂鬱《ゆううつ》そうに顔を見合わせる。ユウリの脳裏《のうり》には、昨日の夜に寮の外で見た光景が思い出されていた。

「それは、まさか」

シモンも、この時ばかりは痛そうに片手で額を押さえた。

「あなたは、アレを」

「呼んだ」

軽い調子でアシュレイが答える。

「ああ、やっぱり」

ユウリの身体《からだ》から力が抜ける。

これで、はっきりした。昨日のも、そしてさっき話の途中で横を通っていったのも、二度目に呼ばれて動き出した彼女の精神、つまり魂だったのだ。アシュレイが襲われなかったのは、やはり彼かあるいは彼の部屋にある何かに取り憑《と》いているらしい魔術師たちの加護《かご》のせいだろう。

「やっぱり？」

アシュレイが聞きとがめて、ユウリを見た。重ねて問われて、昨日見たことを話して聞かせる。

「へえ、どうりで」

話を聞いたアシュレイは、手で頰《ほお》を撫《な》でながら、納得したように呟《つぶや》いた。

「どうりで、どうしたんですか？」

「いや、昨夜から、ちょっといろいろとね……」

どうやら、まったく無事であったわけでもなさそうである。

言葉をにごすアシュレイに、シモンが呆《あき》れた様子で責めたてた。

「予想がつきそうなものでしょうに、何故《なぜ》そんな馬鹿な真似《まね》を……？」

「だって、どうなるか楽しみじゃないか」

「万が一、三度目だったら、どうするつもりだったのです？　記録が正しければ、復活後の彼女は、のべつまくなしに人を襲うのですよ」

「まあ、その時は、その時さ」

ふてぶてしい表情で、アシュレイは無責任に言ってのけた。

「それより、話を戻すとだな、妖精の呪《のろ》いを解くなんて大胆なことを言うからには、少しは希望っていうか、手がかりみたいなものはあるんだろうな？」

シモンとユウリは再び顔を見合わせた。

なんとなく話の流れでアシュレイの協力を得ていたが、特にシモンなどはアシュレイを信用しているわけではないのだ。とはいえ、ユウリの特殊な能力をすでに疑っていないらしい彼には、もう隠しておかなければいけないことがあるわけではない。

「お前らなあ、ここまできてふつう躊躇《ためら》うか？」

情けなさそうな声とは裏腹に、相変わらず細い目の奥は楽しそうだ。

「そもそも、あなたはなんでこの件にこれほど首を突っ込みたがるんですか？」

最初に持つべき疑問を、シモンは口にした。ユウリの能力に目をつけたのとは別の次元で、いまのアシュレイは動いているように思えたのだ。

「好奇心っていうか、俺はもともとここを愛用させてもらっていて、その頃から鏡には興味を持ってたんだ。いろいろ調べてみたが、思うような情報は得られなかった。で、時間も経《た》って忘れ始めた頃になって、鍵《かぎ》を譲ってやったアダムスが半狂乱になってグレイの部屋に飛び込んできて、鏡、鏡と喚《わめ》きだしただろ。こりゃ、何かあるなって。ま、そんなところだ」

淡々とした理由が、いかにもアシュレイらしい。どちらにしろアシュレイの豊富な専門知識は必要になると考えていたシモンは、あくまでも不本意そうにこれまでの経緯をかいつまんで話して聞かせた。

湖から吹き寄せる風が、背後の樫《かし》や橅《ぶな》の枝を空の高みでザワザワと震わせる。

「鏡が水面《みなも》のように揺れたねえ」

アシュレイが、腕組みをして考え込んだ。サンダースの話を又聞《またぎ》きで伝えた時である。

「どこかで読んだことがあるな。中国の古典に、似たような呪法《じゅほう》があったような気がする。鏡作りの話だったと思うんだが、調べてみよう」

さっそくこれである。アシュレイの魔法や魔術に関する知識は、古今東西を問わず広く網羅しているようだった。

「だいたいわかったよ。とにかく鏡の魔法がわかって、サンダースが見たという湖の貴婦人とやらに会えればいいわけだな」

シモンとアシュレイの話は早い。二人とも頭の回転が速いので無駄な質問や訊《き》き返《かえ》しがないせいか、ユウリを相手にしている時の半分ほどの時間ですんだ。

「しかし、大丈夫かねえ。妖精だか貴婦人だか知らないが、怒って俺たちを地獄に叩《たた》き落《お》としたりしないだろうな。案内もなしに地獄めぐりは、ごめんだぜ。すべての希望を捨てよと言われたら、俺は間違いなく門をくぐらずに逃げるからな」

ダンテも形なしの台詞《せりふ》を吐《は》いて、アシュレイは首をすくめた。

第五章　水に映る影

1

調べ物をしに部屋に戻ったアシュレイと別れて、シモンとユウリはそのままボートハウスからボートを漕《こ》ぎ出《だ》すことにした。

湖は、昨晩の暗く飲み込まれそうな水と異なり、午後になって晴れてきた日差しを受けてきらきらきらめくさまがきれいだ。湖面を渡っていく風は暖かく、ボート遊びにはもってこいの日和《ひより》である。

「それで本当に可能だと思う？」

ユウリは、ボートの先端に立って漕《こ》ぎ竿《ざお》を操るシモンに問いかけた。アシュレイの前でああは言ったものの、ユウリにはさっぱり自信がなかった。

「やっぱりアシュレイが言ったように、あのまま穴を塞《ふさ》いでしまうのが一番いいのかもしれない」

シモンは漕《こ》いでいた手を止める。それでもボートは慣性の法則に従ってゆったりと進んでいった。

「君がどうしてもそうしたいと望むなら、確かにそのほうが無難だろうとは思うよ」

シモンは苦い思いを嚙《か》み締《し》めるように眉間《みけん》に皺《しわ》を寄せて言う。

「でも、ユウリ。僕が思うに、君が体験してしまった絶望や苦悩は、この先いつまでも君を苦しめることになる。いくら見なかったことにしようと思っても、心に深く刻み込まれた傷は記憶となってずっと残っていくのじゃないかい？」

シモンの言うとおりである。ヒューの件も含め、すでにユウリはこの件につかりすぎている。いまさら放り出しても、それはユウリの中にどっしりと居座り続けるだろう。

「確かにね」

物憂《ものう》そうに呟《つぶや》いて、ユウリは流れていく水面《みなも》に目を落とした。光の中に揺らめきながら黒髪の少年の姿《ヴァールゲジファイト》が映し出される。

（本当の顔か）

本当の自分にならば、何かができるとでもいうのだろうか。まだその自分に出会っていないだけで。

（だけど、いったい何処《どこ》にいるというのだろう、本当の自分なるものが？）

鏡のなかった古代にも、人は水に映った姿に真の自分を捜し求めてきたんだろうか。

そこまで考えた時、ユウリの脳裏《のうり》を何かがかすめていった。

（――――――？）

考えていると、シモンの声がした。

「そのまま花になってしまいそうだな」

眩《まぶ》しそうに目を細めたシモンが、微笑を浮かべて見ていた。

ギリシャ神話のナルキッソス。水に映った自分の姿に恋をしてそのまま水仙になってしまった少年だ。誰もが知っている神代《かみよ》の不思議。

再びユウリの脳裏に思い浮かぶイメージがある。

水と鏡。

位相の変換。

（森羅万象《しんらばんしょう》、真の姿は一つでも、現れようは実に複雑を極める）

そう言ったのは誰であったか。

日が長くなっているせいか、まだ明るいと油断していたら、いつのまにか夕食の時間が近づいていた。桟橋《さんばし》に降り立った二人は、急いで寮へと戻ることにした。

「おい、捜したぞ」

夕食を終えて食堂から出ようとしたところで、飛び込んできた男とぶつかりそうになった。「おっと」と言いながらたたらを踏んだのはコリン・アシュレイで、どうやら二人を捜し回っていたようだ。

「呑気《のんき》に飯なんか食っている場合じゃないだろうに」

恨《うら》めしげに言われて、ユウリは首をすくめる。シモンのほうは表情もなく相手を見返した。

「腹が減ってはなんとやら、と言いますからね」

「ま、そりゃそうだがね」

シモンにしては無意味に刺《とげ》のある物言いを意に介した様子もなく、アシュレイはくんくんと鼻を鳴らした。

「今日の献立は？」

返事も待たずに中を覗《のぞ》き込《こ》み「また粉シチューかよ」とぼやいて首を引っ込める。小麦粉が溶けきっていないホワイト・シチューは、ワースト・スリーに入る不人気メニューだ。

「部屋で中華のレトルトを食うわ。ちょうど良いから飲茶《ヤムチャ》につき合え」

強引な誘いにシモンは眉《まゆ》をひそめるが、情報は貰《もら》える分だけ貰ってしまおうと腕を広げて降参の意を示し、ユウリを促《うなが》して後に続いた。

ソファーの横にある丸テーブルとサイドボードの上に置かれたガレのスタンドが灯《とも》されると、暖かみのある橙《だいだいいろ》色のグラデーションが広がって室内を柔らかい光で満たす。

チャイナ服のアシュレイが、黄色地に青で草木模様の描かれた茶器で中国茶を注いでいる光景は、それだけで時間と空間の感覚をくるわせるに十分であった。この前と違い、本に潜む雑霊が姿を消しているというのに、ユウリはまるで異次元に迷い込んだように、落ち着かない気持ちになった。

「それで、僕とユウリを捜していた理由というのは？」

湯気と一緒にジャスミンの香りが匂《にお》い立《た》つお茶を受け取りながら、シモンがさっそく用件を切り出す。アシュレイの部屋の独特な雰囲気に幻惑されて、ユウリの心が再び覚束《おぼつか》なくなるのを恐れていたのかもしれない。

「ああ、それがね」

電子レンジで温めてきた中華饅頭《まんじゆう》を片手に持ったアシュレイは、身体《からだ》を伸ばして本棚をあさり、一冊、二冊と付箋《ふせん》のついた本を取り出してくる。

「なかなか面白い話がたくさんあってね。参考になるんじゃないかと」

生姜《しようが》の香りをまき散らしながら、アシュレイは、白い皮の中華饅頭をもぎゅもぎゅと平らげていく。

「そもそも、俺たちは鏡に対する認識が間違っている。俺たちにとって鏡というのは平面鏡だろ。姿が映るものが、すなわち鏡ってわけだ。姿の消える鏡ってのをラヴォアジエが作ってはいるが、知ってのとおりあれは平面鏡じゃない。入射光と反射光の角度が綿密に計算されて作られた凹凸面《おうとつめん》でできている」

前説を論じ始めたアシュレイをシモンがちょっと複雑そうな面持《おもも》ちで眺《なが》めている。

実際、複雑な心境なのだろう。

いっそこの部屋のようにアシュレイ本人もいかがわしい雰囲気に包まれていてくれたら、ただの変人ですむのだが、彼の場合そうはならない。愛嬌《あいきょう》たっぷりに肉まんを頰張《ほおば》りながら、ラヴォアジエに言及する。頭は恐ろしく切れるのだろう。細めた目の奥でどんな計算がされているのかを容易につかませない。

非常に厄介《やっかい》な相手だと改めて思っている様子が、シモンの表情に窺《うかが》える。

「しかしだな、姿見《すがたみ》としての平面鏡が普及する以前、鏡とはそこに神の姿を見る祭事の道具だったといえる。白雪姫の継母《ままはは》の鏡に映るのは鏡の精だ。さらに古く遡《さかのぼ》れば、ヘブライ語版『民数記』でモーセが神の姿を見るのは、『謎《なぞ》めいた言葉にではなく鏡の中』であるし、聖ヤコブは書簡の中で、『謎の状態なる鏡により』神の姿を見ると言っている。古代ギリシャでは、もっと露骨《ろこつ》に、神はその姿を鏡の中に現すと言明しているくらいだから、間違いない。魔鏡の原型はそれだろう。そういう時の鏡は、もちろん平面鏡ではない。じゃあ、どんな鏡か」

アシュレイは、ぽいっと中華饅頭《まんじゆう》の破片を口に放り込む。

「それはそうと、プロメテウスがどうやって天上から火を盗んだか知っているか?」

突然の問いかけに、ユウリとシモンは顔を見合わせた。

プロメテウスというのは、ギリシャ神話に登場する神の一人で、天上に燃える火を人間に与えたことでゼウスの怒りをかい、生きながら永遠に禿鷹《はげたか》に内臓を食べられるという重い刑を言い渡された。

そこまではユウリも知っていたが、どうやってなどと考えたことはない。しかしあえて言うなら、聖火のように松明《たいまつ》に移して持ち出したと考えるのが妥当だろう。

ユウリがそれを言ったら、アシュレイはふふんと楽しげに笑った。

「デルフォイやアテナイの聖火は、かつてメディア人の支配下で消されたことがあるんだが、これに他の火を移すことは、まさかできない。聖火はあくまでも、天上から穢《けが》れのない火を持ち込まねばならない。つまり、プロメテウスも同じなんだが、天上の火は一枚の鏡によってもたらされる」

アシュレイが言ったとたん、シモンが「ああ」と呟《つぶや》いた。

「アルキメデスの鏡ですね?」

丈《たけ》の高い籐《とう》のソファーにゆったりと座り、こめかみに指先をつけていたシモンは、思いついたことを確認する。

「そのとおり」

「アルキメデスの鏡って？」

話についていけずに訊《き》き返《かえ》したユウリに、シモンが簡単に説明する。

「アルキメデスがシラクサの攻防戦の際に、敵の艦隊を撃退した方法だよ。彼はある種の鏡を太陽に向かって掲《かか》げて光線を集め、空気に火をつけて敵の艦隊を焼き尽くしたと、歴史書に書かれているんだ」

「ある種の鏡？」

「凹面鏡《おうめんきょう》だよ」

シモンの解答を満足そうに聞いていたアシュレイが、取り出した本の一冊を広げてみせた。

「エウクレイデス、ユークリッドのことだが、紀元前に反射光学について言及したのが最初と言われているらしいな。それによると、太陽に向けられた凹面鏡の放つ光は物体に火をつける。以来、集光鏡は、さまざまな学者たちにとって格好の論議の種になっているんだ」

「へええ」

感心して聞きいっているユウリと比べて、シモンは相変わらず冷静である。

「なるほど。天上の火、太陽、つまり神々との交信は、凹面鏡の反射光を用いて行われていたということですね。それはそれでいいですが、集光鏡と今回の件はどう関わってくると言うのです？」

その至極《しごく》もっともな突っ込みに、アシュレイは片手を上げた。

「まあ、待てって。焦《あせ》りなさんな」

それから中華饅頭《まんじゆう》の最後のひとかけらを口に放り込み、ジャスミンのお茶をぐいっと飲み干す。

「何も、神々との交信が凹面鏡《おうめんきよう》に限っていたというわけじゃない。凸面鏡《とつめんきよう》もそれなりに神秘的な力を発揮しているんだ。しかも、今回の件には、こっちのほうがより深く関係しているとみていいだろう」

アシュレイは、シモンとユウリの反応を窺《うかが》うように見てから先を続けた。

「月の鏡って言葉がある」

「月の鏡？」

その言葉の響きに、ユウリは何故《なぜ》かどきりとした。

「そう。十七世紀くらいまで、人々の多くは月を巨大な鏡とみなしていた。月の表面は球凸面鏡で対象物を矮小化《わいしようか》して映し出す。つまり月とは、天体の反射鏡によって縮小されて映し出された太陽だと思われていたんだ。さらに同じことが水にも言える。水滴の球凸面鏡がたくさんの太陽を投影する。虹《にじ》の原理だな。月と水が一《いっ》のものとみなされたのも、表面に太陽を映すことによっていた。むろん、鏡もだ」

ユウリが顔を上げた。言葉を語るアシュレイの口元を不思議なものでも見るような目で見ている。

(月と水は、太陽を映すという現象によって、一《いっ》になる。鏡も同じだ)

ユウリの頭の中をアシュレイの言葉が駆け巡った。

(映すという現象によって………)

指先を唇《くちびる》に当てていたユウリは、「そうか」と小さく呟《つぶや》いた。

謎《なぞ》が解けたのだ。

「さて、ここからが本題だ。実は中国にもこれと非常に似通った話があってな、具体的に鏡を鋳《い》る呪法《じゅほう》まで教えている」

アシュレイの話は続いていた。彼は言いながら、さっきとは違う本を取り上げる。背表紙に漢字が並ぶ本は、明らかに中国のものである。アシュレイが単なる中国かぶれではなく実は香港《ホンコン》生まれであるという噂《うわさ》は、どうやら本当らしい。

「ユウリなら一度くらい聞いたことがあるかもしれないが、『淮南子《えなんじ》』という中国の古典図書があって、その天文訓《てんもんくん》にこんな記述がある。『物象は相動き、本《もと》と標《すえ》は相応す。……故《ゆえ》に、陽燧《ひとりかがみ》を日に見《まみ》しむれば則《すなわ》ち燃えて火をなし、方諸《みずとりかがみ》を月に見《まみ》しむれば則《すなわ》ち津《うるお》いて水をなす』。つまり陽燧《ひとりかがみ》をもって日の明火をとり、方諸《みずとりかがみ》をもって月の名水をとる」

シモンが「そうか《トレビアン》」と声をあげた。

「陽燧《ひとりかがみ》のほうは、まさに西洋の凹面鏡《おうめんきょう》と同じ原理と見ていいようですね」

「ああ。違うのは、方諸《みずとりかがみ》だ。そんでもって、俺がサンダースの話を聞いて思いついたのが、これなわけだ」

「鏡の表面が水のようになったという彼の言《げん》とは、確かに一致している」

藤椅子《とういす》の背に寄りかかったシモンは、考えに沈みこみながら呟《つぶや》いた。

「鏡を鋳《い》る具体的な方法もあるのでしたね？」

目だけを上げて、確認するようにアシュレイを見る。アシュレイは待ってましたとばかりに次の本を投げてよこした。とっさに受け取ったシモンは、ちらりと本に目を走らせて呆《あき》れたように言った。

「僕に中国語を読めとでも？」

「言ってやりてえところだが、安心しな。きちんと英訳しといた。青い付箋《ふせん》のところだ」

シモンは「そりゃ《メルシィ》、どうも《ボクゥ》」と呟いてページをくった。ユウリは下から覗《のぞ》き込《こ》んで表紙を確認する。「白居易《はくきょい》」という見たことのある名前が目に入る。

「百錬《ひゃくれん》の鏡、鋳型《いがた》は常軌の丸さにあらず、日辰《とき》と処所《ところ》は霊にしてかつ奇なり、江心《こうしん》の波上にて舟中に鋳る」

シモンが甘く通る声で詠《うた》うように読み上げる。

「五月五日の日午《まひる》の時、たまのみがきこ、きんのあぶらにて磨《みが》き終《お》われば、化して一片、秋潭《しゅうたん》の水となる　鏡成《な》って正に……」

読み終わってシモンは、「ふうん」と感心した。

「面白いな。この五月五日の日午《まひる》の時っていうのにも、何か意味があるのだろうか？」

シモンがアシュレイに尋《たず》ねると、答えはすぐに返ってきた。

「中国の陰陽五行説では、その日は天の火勢が一番強くなるといわれている。しかしそれは陰暦、月の満ち欠けを基準にしたものだから、太陽暦でいうともっと後だな。はっきりとした日は言えないが、むしろ考え方からすると、こっちの夏至《ミッドサマー》に相当すると思っているんじゃないか？」

「夏至《ミッドサマー》」

ユウリとシモンは同時に言葉にしていた。一年で一番太陽が長く昇っている日。ふと見れば、夕食時をとうに過ぎたいまも西の稜線《りょうせん》には残照が赤く燃えている。ユウリがカレンダーを探しながら恐る恐る訊《き》いた。

「それって、今日じゃなかったっけ？」

「そのようだね」

シモンが応じる。

「ねえ、シモン。こんなことを言ったら驚くかもしれないけど」

ユウリは、しばらく逡巡《しゅんじゅん》してから、思い切ったように提案した。

「今夜、あの鏡を使って湖の妖精を呼び出してみよう」

確かにシモンは驚いたようだった。水色のきれいな瞳《ひとみ》を大きく見開いて、まじまじとユウリを見つめた。しかしすぐに理知的な光が取って代わる。

「何か確信があるのかい？」

「確信っていうのかな」

ユウリは唇《くちびる》に人差し指を当てて考えた。

「よくわからないけど、どうやら『タレスの英知』の謎《なぞ》が解けたみたいなんだ」

シモンはもう一度軽く目を瞠《みは》り、アシュレイが低く口笛を吹く。

落ちた沈黙に三人が何を考えたかは、誰も知らない。けれど、五分後に出た結論は同じであった。

2

月が昇っている。雲一つなく晴れ渡った夜空に青白い透徹《とうてつ》な光を放ち、杉林の木立《こだち》をくっきりと浮かび上がらせていた。

新月《ニユームーン》から三日月《クレッセント》、半月《ハーフムーン》、十三夜月《ギボス》、満月《フルムーン》とめまぐるしく形を変える月は、古来太陽とは違った神秘的な信仰心を人々の心に芽生えさせてきた。

「月の鏡かあ……」

湖畔《こはん》に一人立ったユウリは、空を見上げてそう呟《つぶや》いた。確かに、今夜のように冴《さ》え渡《わた》る紺青《こんじよう》の空に一点だけ白く輝く様子は、覗《のぞ》き込《こ》んだら遍《あまね》く地上の景色が見いだせるような気になってくる。

月が投影された太陽という見方は、決して間違っていない。少なくとも自分たちが月光として親しんでいる青白く淡い光は、月の発している光ではなく真昼のまばゆい太陽の反射光にすぎないのだから。それならば、月も鏡であることに変わりはない。

そして、それは水にも言えることなのだ。

その時、下草を踏み分ける音がして、シモンとアシュレイが慎重に足並みを揃《そろ》えてやってきた。二人が両腕に抱えているのは、幅が一メートルはある大きな枠。その真鍮《しんちゆう》の精《せい》緻《ち》な縁取《ふちど》りといい、大きさといい、間違いなく霊廟《モーソリアム》に安置されていたはずの魔鏡である。

　自分が頼んだこととはいえ、そのあまりの異様さに、ユウリは一瞬息を呑《の》んで佇《たたず》んだ。

「ユウリ、設置できるような場所は見つかったか？」

　かすかに息を切らせたアシュレイに訊《き》かれて、ユウリは慌《あわ》てて湖岸を指した。

「ああ、すみません。そこの岩の手前が浅く岩場になっています。滑《すべ》りやすいので足元に気をつけてください」

　言われた場所に鏡を据《す》える二人を見守りながら、ユウリは感嘆した声をあげる。

「よく持ち出せましたねえ」

「軽いもんさ」

　岩場に足をかけたアシュレイが、鏡が安定しているかどうか確認するように手で押しながら、答えてくれた。

「重いのは鏡本体のほうだったんだろうね。確かにこれは見た目ほど重くはなかったよ」

　シモンが岩場から飛び降りて、手についた埃《ほこり》を払いながら補足する。岸に降り立った二人を見たユウリは、シモンに比べて格段に顔色の悪いアシュレイの様子に眉《まゆ》をひそめた。

「アシュレイ、具合《ぐあい》でも悪いんですか？」

「ちょっと心臓がね、軋《きし》む」

左胸を指し示すアシュレイに、ユウリは、目を見開く。

「心臓って、いつから？」

「日が暮れてからだな。認めるのは悔《くや》しいが、あの女のせいだろうよ。夜はやはり力が強いらしい」

先刻、「昨夜からちょっと、いろいろと」と言葉をにごしたアシュレイだったが、このことだったのだろう。

部屋から出てはいけないのかもしれないと、ユウリは思った。やはりアシュレイの背後にいたあの強力な魔術師たちの霊は、部屋にある本のどれかに憑《つ》いているに違いない。それならば、アシュレイには部屋に帰ってもらったほうがいい。

けれどアシュレイはユウリの申し出を一蹴《いっしゅう》し、他人事のように手をひらひらさせた。

「気にすんな。アダムスに比べりゃ、マシなほうだ」

それはユウリも思っていたことである。アシュレイが近づいてきた時から、うっすらと彼女がそこにいる気配を感じていたが、ヒューの時のような激しさはないのだ。

（あるいは、）

ユウリは、正面に立つ金色の髪の友人を見やった。

夜の帳《とばり》が下りた暗がりの中で、月の仄《ほの》かな光よりもなお輝いて見えるシモン。こんな夜には、シモンの持つ生体エネルギーが当人の緊張の度合いと相まって、オーラとなってはっきりと視覚化するのだと、新たに知る。

（あるいは、彼女も、シモンのあの輝きが苦手なのかもしれない）

アシュレイの部屋で召還魔術《しょうかんまじゅつ》が行われた時、シモンが飛び込んできた瞬間、呼び出されかけていた魔物が大慌《おおあわ》てで逃げていった。あの時は不思議にも思わなかったが、廊下の電灯にしてはやけに明るかった光は、怒りで激しく燃え上がっていたシモンの生体エネルギーだったのだろう。太陽に透けると輝く髪と同じ白くまばゆいオーラは、闇《やみ》の住人には眩《まぶ》しすぎて耐えがたいに違いない。

（シモンこそ、救済者《セイヴァー》の名にふさわしいのに）

どうしてジャックが自分の前に現れたのか、ユウリはいまだに理解できずにいた。

「それより、始めようぜ」

アシュレイが、何げない調子で言う。けれどユウリは、気持ちが揺らいだ。もし失敗したらアシュレイはどうなってしまうのだろうか。

その不安を裏打ちするように、ふいに霊廟《モーソリアム》のほうから木々を揺らして凶暴さを秘めた風が吹いてきた。

苛立《いらだ》ちにも似た怒りの波動が、黒い渦《うず》となって押し寄せている。

「くっ」

うめいたアシュレイが、心臓を押さえて膝《ひざ》を折る。

「アシュレイ！」

振り返って叫んだユウリは、アシュレイの背後にレースの袖《そで》が翻《ひるがえ》るのを見た。白い透き通った腕がさらにアシュレイの身体《からだ》を突き抜ける。

ユウリの口から悲鳴が漏《も》れた。

駆け寄ろうとするユウリを手で制し、アシュレイが膝《ひざ》をついたまま、半身をひねって背後に指先を突きつけた。空中にすばやく五芒星《ごぼうせい》を切って、刃物のように鋭い声で命じる。

「エロイム、エッサイム、悪霊退散！」

おぼろに見えたドレス姿の女が、吹き飛ばされて消え去った。彼方《かなた》に甲高《かんだか》い悲鳴が聞こえる。

「怪我《けが》は？」

シモンが歩み寄って、手を差し伸べた。

「ああ、大丈夫だ。悪い。油断した」

シモンの手を退《しりぞ》けて、アシュレイが膝の土埃《つちぼこり》を払って立ち上がる。呆《あき》れたことに、血の気の失せた蒼白《そうはく》な顔は、小気味よさそうに笑っていた。

「いいねえ、こうでなくっちゃな」

心底嬉《うれ》しそうに言うアシュレイに、シモンは疲れたように言う。

「見えないいんじゃありませんでしたっけ？」

「もちろん、見えてないさ。でもここまで強い霊であれば気配はわかる。見えりゃ、完璧《かんぺき》なんだがな」

悔《くや》しそうに言ってユウリを追う彼の目には、欠けたものを補充しようという貪欲《どんよく》さがまざまざと表れている。

シモンが不快そうに眉《まゆ》をひそめた。

「それで、こんな目にあっても、あなたは本当にやる気なんですか?」

「ああ?」

アシュレイは首を曲げ、剣呑《けんのん》な調子で訊《き》き返《かえ》す。

「見えてこそいないものの、昨日の晩からアレにつきまとわれて、事態が深刻だと思ったからこそ、今日になって、僕とユウリをけしかけに来たんでしょう」

アシュレイの協力的な態度には何か裏があると思っていたシモンは、事情を呑《の》み込《こ》んでやっと落ち着いて考えることができるようになったらしい。

「だったらさっさと破損を修復してしまったほうが、賢明なんじゃないですか?」

「そうとも限らないさ。いまのでわかったが、お前がいても攻撃してくるくらい、あいつは蘇《よみがえ》りたがっている。破損を修復したくらいじゃ、引きそうもないな。もっとも」

言葉を切って、アシュレイは、せせら笑うようにシモンを見やった。

「いまので腰が引けたって言うんなら降りてもいいぜ。どっちにしろ、お前は無用の長物だからな。霊感少年さえいりゃ、なんの霊を呼び出すのだって可能だし、むしろお前は邪魔なくらいだ」

「どういう意味です？」

シモンも鋭い視線で見返した。

険悪な様子の二人をはらはらしながら見ていたユウリは、アシュレイの言葉に気を奪われた。

霊を呼び出すのにシモンが邪魔であるということは、逆に言えば、シモンがいると霊が出てきにくいということになる。シモンの放つオーラが、闇《やみ》の住人には苦手かもしれないと自分が考えたことを、別の観点からアシュレイも考えていたのかもしれない。

「まんまさ。幽霊にだって好みがある」

「べつに幽霊に好かれたいとも思いませんよ。あなたがいいとおっしゃるのなら、文句は言いません。決めたのは、あなた自身なんですから」

相手の挑発をかわして、シモンは優雅に手を広げた。それでも釘《くぎ》をさすことは忘れない。

「ただし、どういう結果に終わろうと、それを盾《たて》にユウリにちょっかいをだすことはやめてもらいます。いいですね？」

「心配すんな。そんなセコイ真似《まね》はしねえから」

意外にあっさりと引いた彼は、灰色がかった青い瞳《ひとみ》を月下に妖《あや》しく光らせる。それはシモンですらひやりとさせられるほど、冒瀆的《ぼうとくてき》な輝きだった。

アシュレイがシモンから視線をはずしてユウリを振り返る。

「それで、いったいどうするつもりだって?」

「えっと」

突然、話を振られたユウリは、どぎまぎする。

「簡単に言ってしまえば、湖と鏡と月、その三つを重ね合わせて一つにするんです。そこに映し出された空間に湖の妖精は閉じ込められているはずだから」

ユウリはそう言って、靴を脱いで湖に足を踏み入れた。素足に冷たい水が絡《から》みつく。そこに据《す》えられた鏡を回り込んで岩場によじ登り、眼下に横たえられた鏡を見下ろすように腰を据える。

「湖と鏡と月?」

不思議そうに訊《き》き返《かえ》したシモンに、ユウリは「いま、説明するね」と言って、腰に吊《つ》るしてあった皮袋をはずした。

ちらりと空を仰ぎ見る。

月は、あと少しで中天に差しかかろうとしている。

「さっきのアシュレイの話では、月の鏡という言葉が出ていたけど、そういえば日本では逆に、こんなふうに月を映して静まり返る平らかな水面を、鏡にたとえて『月の真澄鏡《ますかがみ》』というんだよ」

かすかに花の香りがしている宵闇《よいやみ》に、凛《りん》としたユウリの声が響いた。

「僕は、鏡の魔法についてジャックの語った言葉とシモンの教えてくれた位相の関係についてずっと考えていた。タレスの英知は、水。では、鏡と水の位相が成立するための原形質は何か？」

ユウリは、手にした皮袋を弄《もてあそ》ぶ。ジャックに手渡された時のままのずっしりとした感触が、手の動きに合わせて重心を移動させる。

わずかに動いた月が、横たえた鏡の枠の中に最初の光を注ぎ込んでいた。

「水に映る影やナルキッソスの神話を聞いた時にも、何かがわかりそうでわからずにいた。そうしたら、さっきアシュレイが、月の鏡の話をしてくれましたよね」

ユウリの視線をうけて、アシュレイは顎《あご》をあげて続きを促《うなが》した。

「あの時あなたは、『月と水は、太陽を映すという現象によって一《いっ》となる。鏡も同じだ』と言った。そして、それこそがタレスの英知、鏡の魔法の答えだったんです」

シモンはちらりとアシュレイを見た。彼はひどく満足げにユウリのことを見つめている。アシュレイにはわかっていたのだろうか。

シモンもアシュレイも知恵は多く持っている。溢《あふ》れるほど持ち合わせているといってもいい。

しかし、それを正しい時に正しい場所、中国の古典風に言えば『霊にしてかつ奇なり』という時空で使うことができるのは、他ならぬユウリなのだ。

ジャックがユウリを救済者《セイヴァー》とみなしたのも、彼のこの能力《ちから》を見抜いていたからなのだろう。

「アシュレイは、中国の古典も例にあげていた。『淮南子《えなんじ》、天文訓《てんもんくん》』でしたね。物象は相動き、本《もと》と標《すえ》は相応す。故《ゆえ》に……」

ユウリが言葉を続けるうちにも、月の光は鏡の枠にどんどん集まり始めている。それは輝きながら、次第にゆらゆらと水面の様相を帯びていく。

「故《ゆえ》に、陽燧《ひとりかがみ》を日に見《まみ》しむれば則《すなわ》ち燃えて火をなし、方諸《みずとりかがみ》を月に見《まみ》しむれば則《すなわ》ち津《うるお》いて水をなす。この言葉を見ても、月と鏡と水は相関している」

いまや、鏡の枠は、洪水のような輝ける水で溢《あふ》れんばかりとなっていた。

シモンとアシュレイもいまではその様子をはっきりと見ることができた。彼らは息を殺して成りゆきを見守っている。

ユウリの言葉は続く。

「月の鏡、水鏡、古代から人は映るという現象にこそ、重大な意味を見いだしてきた。つまり月も水と鏡も、個々においてまったく性質の異なる三つのものが、映るという行為に

よって位相が成立し、一《いっ》になる。魔法の成立する意味の変換も可能になるんだ。ほら、見て」

すっと腕を上げて、ユウリが鏡を指した。

「湖と鏡、本《もと》と標《すえ》が一つに重なっていく」

きれいだった。

青白い月明かりが洪水のように白く清冽《せいれつ》な流れとなって揺らめいたかと思うと、やがて紺青《こんじょう》の深い夜空を映し始めた。

月の雫《しずく》を集めてできた水の鏡。

ユウリは、眼下の光景を見下ろして微笑《ほほえ》んだ。

皮袋を取り上げて、失われた鏡のかけらをきらめく月の雫《しずく》の中へちりばめていく。

まるで星が落ちていくようだった。

「扉が開かれる――――」

岩の上に立ち上がったユウリは、黒い髪を風になびかせて、与えられるはずの言葉を待った。ほどなく、ユウリの脳裏《のうり》にひらめく画像。円の中に描かれた数種の文字が、鮮明に浮かび上がってきた。

アシュレイの部屋で見た魔法円。

神の意思はこんなところにまで及んでいるのか。

「予定調和《アルモニープリタブリ》」

ぽつんと呟《つぶや》いたユウリは、躊躇《ためら》うことなく眼前の文字を言葉に変える。

「火の精霊《サラマンドラ》、水の精霊《ウンディーネ》、風の精霊《シルフィード》、土の精霊《コボルト》。四元の大いなる力をもって、我を守り、願いを入れ給え」

すると発した言葉に引きずられるように、ユウリの口が唱え出す。

「汝《なんじ》、旧《ふる》き友のために、四辺の枠を取り替えよ。閉じ込められし空間を開きて、汝が友を解放せよ」

ゆっくりと五芒星《ごぼうせい》を切って、神の栄光を讃《たた》える。

「アダ　ギボル　レオラム　アドナイ」

とたん。

ぱあああっと、光がはじけたように、湖面の上を数多の光芒《こうぼう》が踊りくるう。

やがてまばゆい光が、湖を覆《おお》い尽《つ》くしていった。

3

シモンとアシュレイは、目前に広がった荘厳な光景に息を呑《の》んでひたすら見入る。その視線の先では、岩の上にぽつんと一人、横顔を不思議な光に照らされたユウリが静かに湖面を見つめていた。

いや、一人ではない。

いつのまに現れたのか、ユウリの前には、一人の女が佇《たたず》んでいる。それは、アシュレイでさえも、はっきりと視覚で捉《とら》えることができた。

美しい姿。

長い髪を緩《ゆる》やかに結い上げて真珠や貝殻で飾り立て、深い藍色《あいいろ》のドレスをまとった気品のある女性だ。鼻梁《びりょう》の高い横顔に愁《うれ》いを秘め、濡《ぬ》れたような夜空の瞳《ひとみ》が、じっとユウリを見つめている。まるで、満天の星空を映したこの清い湖そのものといった姿は、まさに湖の住人その人で、これが封印されていた湖の妖精であることは間違いなかった。

見えざるものを見、在《あ》らざるものを引き寄せる、これがユウリの力なのだ。

「妾《わらわ》を解き放った者は、そなたか？」

詠《うた》うような美しい声で妖精が語りかけてくるのへ、ユウリは静かに頷《うなず》いた。

「ならば、礼を言う。そなたが助けたのは、他でもない妖精の中の妖精、女主人モルガーナ。高慢ちきな女王タイターニアに次いで高貴なる者。何か願いがあるなら言うがよい。なんなりと叶《かな》えてつかわすぞ」

予想外の展開に、ユウリは目を見開いた。棚から牡丹餅《ぼたもち》とは、このことである。領主の娘にかけられた呪《のろ》いを解く方法を教えてもらいたいがために湖の妖精の封印を解いたとはいえ、こんなにすぐにその機会が巡ってくるとは思わなかった。

しかし考えてみれば、ユウリでも知っている有名なおとぎ話の数々、『金の斧《おの》と銀の斧』や『中世騎士物語』などでも、湖の妖精は総じて気前がいい。

「願いごとならあります」

鷹揚《おうよう》に頷《うなず》くモルガーナの様子に勇気を得て、ユウリは霊廟《モーソリアム》を指し示した。

「あそこに封印された領主の娘にかけられた呪いを解いてあげてください」

「領主の娘？」

言ったとたん、モルガーナの様相が一変した。きらめく雫《しずく》を垂らした髪を不快そうに振って、水気を落とす。

「何故《なぜ》じゃ？」

モルガーナがじっとユウリを見つめた。紺青《こんじょう》の瞳《ひとみ》が、じわじわと輝きを増していく。その尋常でない発光は、たとえ姿形が人間に近くても人に在《あ》らざる証拠であった。

「何故《なぜ》そなたがそのようなことを頼む。そなたはあの小生意気で礼儀をわきまえぬ小娘のなんだ？」

返答によっては、いますぐ湖の底に引きずり込みかねない様子である。それほどモルガーナは領主の娘を憎んでいた。

「なんの関係もありません。ただの通りすがりと言ってもいいくらいだ。けれどそのために友人が命を落とした。彼女の名前を呼んだという、ただそれだけの理由で、です」

「ほほう。呼んだか、あの呪《のろ》われし名前を。面白い。あの娘、人々に忌《い》み嫌《きら》われる生き物として、再び蘇《よみがえ》るのじゃな」

蔑《さげす》むような高笑いを響かせて、モルガーナが言った。

「どうしてあなたは、そんなにまで彼女のことを憎むのですか？」

ユウリにはわからなかった。モルガーナの性質そのものが歪《ゆが》んでいるのだろうか。しかしシモンの話では、妖精の本来の姿は、善意に満ちたものであるはずなのだ。いったいどこで間違ってしまったのだろう。

モルガーナが柳眉《りゅうび》を逆立てる。

「決まっておろう。あの娘は、こともあろうに高貴なるモルガーナから自由を奪い、あんな暗く淋しいところに閉じ込めたのじゃぞ」

袂《たもと》の長い袖《そで》を振り上げて、彼女は宣告した。止める間もない。

「あの娘、グレンダ・ダンバートンは、永遠に呪《のろ》われるがいい！」

ユウリが「あっ」と叫んだ時には、もう遅かった。

呪詛《じゅそ》の声も歌うように美しいモルガーナが、その忌《い》まわしい名前を高らかに口にした瞬間、地面がどおっと鳴動し木立《こだち》が悲鳴をあげた。

荒れくるう風が黒煙を起こして空を飛び、辺りは瞬時に光を失う。

そして、訪れた静寂。

「ユウリッ」

シモンの叫びが、ユウリを我に返らせた。驚愕《きょうがく》に満ちた視線を追って振り返ったユウリは、はっとして身を強張《こわば》らせる。

そこに、人が立っていた。

湖であるはずの場所にもかかわらず、水面に足を滑《すべ》らせてゆっくりと進んでくる。

不気味だった。

生きたまま墓に埋められた者が蘇《よみがえ》ったかのように苦しくくるおしい絶望と恐怖が、ゆっくりとユウリに近づいてきた。ひんやりとした霊気の先が、煙の触手《しょくしゅ》となってユウリの腕や肩に触れていく。

ユウリの肌がそそけだち、全身に冷や汗が流れた。

見た目は、総じて悪くない。

栗色の髪は柔らかく巻かれ、同じ明るい茶の瞳《ひとみ》とともに、着ているベルベットの深緑のドレスによく映えている。

モルガーナを見る前であれば素直に美しいと言えたかもしれないが、モルガーナの人を超えた美しさの前では、どれほどの美貌《びぼう》でも影が差す。

何より、何も映さない虚《うつ》ろな瞳と氷よりも冷たい霊気が、彼女からいっさいの美しさを奪っていた。

領主の娘、残酷な運命を背負わされたグレンダ・ダンバートン。彼女には、背筋も凍る恐ろしさがあるばかりだ。

背後でモルガーナの感心したような声がする。

「ほお、久しいの、グレンダ。その様子だと肉体はとうに滅んだとみゆるが……」

しかしグレンダはまったくモルガーナに注意を払わない。

それもそうだろう。

妖精にとって数日、数か月の時間は、人間にとっての数年、時には数十年の長さである。モルガーナが数年ぶりに見る領主の娘は、数百年の年月のうちに人としての記憶も心も失ってしまっているのである。

呪《のろ》われしグレンダは、ただ一点だけを見つめ湖面を渡ってくる。

ただ一点。

それは、ユウリだった。

(見られている?)

虚《うつ》ろではあるが、そこにはっきりとした意思を感じて、ユウリは驚いた。

そういえば、アシュレイが三度呼ばれる意味を説いていた。

一度目は肉体を、二度目は精神を、そして三度目は――――。

(三度目は、肉体と精神の結合)

彼女は蘇《よみがえ》ったのだ。

身体《からだ》を持ち、意識を持ち、動いている。

そして、その彼女の意思は、人間の心臓を欲《ほっ》している。

ユウリは、岩の上で恐怖のあまり息をするのも忘れてしまった。身体が小刻みに震えている。

反応しないグレンダにいささか気分を害した様子で、モルガーナが再びユウリに向き直った。そして眉《まゆ》を上げる。

「おや?」

ユウリを上から下までまじまじと見て、嘲笑《ちょうしょう》するように言った。

「威勢がいいわりには、そなた、震えておるようじゃな。それほどあやつが怖いか」

どんどんこっちに向かってくるグレンダをモルガーナは伸ばした指で示した。

声の出ないユウリは、こくりと頷《うなず》くのが精一杯である。

「可哀相《かわいそう》にのう」

モルガーナが硬質な美しい顔で冷たく笑う。

「なんなら、お前は逃がしてやってもよいぞ」

思いがけぬ言葉に、ユウリは驚いた顔を向けた。

「逃がす……？」

相手の言っている意味がよく呑《の》み込《こ》めない。

モルガーナは頷くと、ローブを翻《ひるがえ》して湖岸を振り返った。そこにシモンとアシュレイがいる。まるで見えない壁に張りつくように湖岸に立ってこっちを見ていた。

「結界が張ってある」

当たり前のことのように、モルガーナは言う。

シモンとアシュレイがそのことに気づいたのは、グレンダが姿を現した時だった。ユウリを連れ戻そうと動いた二人は、そこに足止めされる力を感じて愕然《がくぜん》としたのだ。

ユウリに視線を戻して、モルガーナは続けて言った。

「いますぐ結界を出れば、お前は助かる。ただし、彼女はこのまま永遠に湖の上を彷徨《さまよ》い続けることになるがな。人間など、自分勝手な生き物にすぎぬ。お前とて、自分の命は惜しかろう。グレンダのことなど捨て置くがいいぞ」

「そんな……」

人間のエゴイズムを嘲笑《ちょうしょう》するようなモルガーナの提案に、ユウリは逡巡《しゅんじゅん》した。

「どうした。役にも立たぬ同情などしておらず、早々に立ち去るがよい」

モルガーナの意地の悪い声が、戸惑うユウリを追い立てる。

「ユウリ、迷っている場合じゃない。早く引き揚げるんだ」

シモンの声がした。どうやら音は遮《さえぎ》られてないらしい。さらにアシュレイの罵声《ばせい》まで飛んできた。

「馬鹿ヤロウ、グズグズしてねえで、とっとと来い！」

彼らの声に引きずられるように、ユウリは岩から下りようとした。けれど、振り返った瞬間、グレンダと視線が合う。

人間としての心を失い彷徨《さまよ》い続ける哀れな魂。

それでも彼女は、人間だ。妖精の怒りに触れてしまっただけの悲しい人間なのだ。誰かを殺したいわけではなかっただろう。こんな運命を背負うほどのことは、神の御手《みて》を遠く離れる仕打ちを受けるほどのことは、彼女はしていないはずなのだ。

「あなたは、間違っている。もういい加減に解放すべきだ」

下りかけた岩に摑《つか》まって、ユウリはモルガーナに食ってかかった。

「どうしてそれほど頑《かたく》なになるのです」

「許されざる傲慢《ごうまん》さゆえに、あれは永遠に呪《のろ》われた存在となった」

「でも、呪ったのは、あなただ、モルガーナ。あなたはかつて『湖の貴婦人《ダームデュラック》』として、その高潔な心を愛されたはず。それがどうしてこんなむごい仕打ちをするようになったのです？」

ユウリは、つい口にしていた。ままならぬ状態への怒りが、グレンダへの恐怖を上回って爆発した。

頭に浮かぶのは、ジャックの血塗《ちぬ》られた手。彷徨《さまよ》い続ける孤独な魂。そして、ちょっと気障《きざ》で我《わ》が儘《まま》だったが、面倒見が良くて優しかったヒューの苦悶《くもん》に満ちた死に顔だ。

どれもが、あまりに理不尽だった。

「ひどいよ。残酷すぎる！」

モルガーナは、驚いたようにじっとユウリの顔へ視線を注いでいる。何か得体の知れないものでも見るような、奇妙な目つきである。

「湖の貴婦人《ダームデュラック》……。確かにそんな名前で呼ばれていたこともあった。けれど、それは遠い昔のこと」

モルガーナが、ふいに挑むようにユウリに向かって言った。

「そなたがそれほど言うのなら、あと一人を最後に呪いを解いてやってもよいぞ」

「あと一人？」

「そう、あと一人。そなたでも、あそこにいる二人のうちのどちらかでもいい。選ぶ権利はそなたに委《ゆだ》ねよう。そなたには、自分の命ですべてを贖《あがな》うだけの覚悟があるのかえ？」

悪魔のようなモルガーナの提案。美しく気高い妖精族の、気まぐれで時として残忍な本性を見たようだ。

「ユウリ、何をしているんだ」

悲鳴のようなシモンの声。これほど切羽詰《せっぱつ》まったシモンは、見ようと思っても見られるものではないだろう。

しかしそれを楽しむだけの余裕は、アシュレイにもなかった。埒《らち》があかないと思ったらしい彼は、持参した本をめくって結界を解く方法を探している。

「感情に呑《の》まれては駄目《だめ》だ。苦しみは過去のものであって取り返しはつかない。いまは自分を切り離して考えるんだよ。ああ、頼むから」

必死に説得するシモンが振り上げた腕は、水と岸の接する境で、見えない壁に阻《はば》まれているかのように跳ね返った。

グレンダは、すぐそこまで迫っていた。

絶望的な唸《うな》り声《ごえ》が、アシュレイの口を吐《つ》いて出る。

（あと一人……）

その言葉に呪縛《じゅばく》されたように、ユウリはその場から動けなくなっていた。

（僕の命と引き換えに、いったい誰が救われるのだろう。ヒューはもう戻らない。失われたものは元には戻らないと、ジャックが言っていたではないか。けれど、苦しみを抱《いだ》いたジャックの魂は、これで安らぎを手にできるはずだ）

逃げるか、とどまるか。決心がつかないまま、ユウリは重く冷たくのしかかるおぞましい闇《やみ》の力を感じていた。

（これは、自分の意志だろうか）

目はグレンダに釘《くぎ》づけである。その暗く沈んだ瞳《ひとみ》に囚《とら》われて思考力も徐々に麻痺《まひ》していく。

もう距離は、一メートルもない。

グレンダの腕が伸びる。

ユウリは目を瞑《つぶ》り、最後の瞬間に備えた。

（ああ、誰かが僕を呼んでいる。ヒューか、シモンか）

しかし、それはいつまでもやってこなかった。

代わりに聞こえてきたのは、天地をひっくり返すような絶叫だ。思わず耳を塞《ふさ》ぎたくなるような、深い悲しみと絶望の悲鳴。

それはグレンダの唇《くちびる》から漏《も》れたものだった。

驚いて見開いたユウリの目の前に、白い上着を深紅《しんく》に染めた広い背中があった。

グレンダの掌《てのひら》に心臓を貫かれた男。

それは、白髪まで血に染めたジャック・レーガンだった。

とめどもなく流れ出る血に、岩場が滑《ぬめ》りを帯びていく。

「ジャック？」

ユウリは、震える指先を目の前の広い肩に伸ばそうとした。

「触れるんじゃない。巻き込まれる」

ジャックの厳しい声に、ユウリは動きを止めた。

グレンダの悲鳴は、まだ続いている。

それに合わせて、荒れくるう風雨。このままでは、大地が裂けて、地下から有象無象《うぞうむぞう》の死者の霊が飛び出してくるのではないかとさえ思われた。

「そなたは、ジャックか……？」

モルガーナの乾いた声が、戸惑ったように名前を呼んだ。かつては恋仲であったと伝えられる二人。もちろん、真偽《しんぎ》のほどは、彼らにしかわからない。

「生きておったのか。娘のために？」

「愛《いと》しき妖精《モルガーナ》よ。……ああ、貴女《あなた》はいまでもなんと美しいことか。失ったと知って……なお貴女を焦《こ》がれ、さま……よう日々にもあな……たの歌声が耳について離れない。あ……のくる……おしい日々に、私はそ……れでも幸福だ……った……」

ジャックが昔日《せきじつ》を懐《なつ》かしむように言葉を紡《つむ》ぐ。それは、ユウリの中に一度だけ見たことのある若き日のジャックを思い起こさせた。

清明な湖のほとり。咲き乱れる花々。透徹《とうてつ》な月の光がそそぐ夜に、ジャックとモルガーナは出会ったのだ。

「あの頃の……貴女《あなた》は、気高……く高貴だ……った」

まさにこの岩の上で、大きな月を見上げて愛を語り合ったこともある。甘く優しい時間が、いまのことのように思い返された。

「そ……れが、何故《なぜ》……こんな」

「何故？　妾《わらわ》を見捨ておいたそなたが、それを言うのか？」

ジャックが苦しそうに首を振る。その白髪が、黄金色に変わりつつある。

過去と現在が交錯《こうさく》し始めていた。

「見捨て……など、私、こそ、見捨て……られたと」

「そう。すべては憎きその娘が仕組んだこと。罰するに値する罪じゃ」

苛立《いらだ》たしげなモルガーナの目が、頭を抱えて座り込むグレンダのほうに向けられた。

「そうさせ……たの、は、私だ。彼女……の愛を……受け入れて……おいて、あな……たを愛して、し……まった私の、……罪」

ユウリの目前に、鮮やかな黄金の髪がある。ここにいるのは、年月を超えたジャックの若々しい姿だった。

しかし薔薇色《ばらいろ》の唇《くちびる》が紡《つむ》ぐ言葉は弱々しく、鮮やかな鮮緑色《エメラルド》の瞳《ひとみ》からは急速に力が失われつつあった。

「私が、……負うべき、罪……だ。最後に、かつ……て私の愛した……気高い貴女《あなた》を……、寛容……と慈悲の……恵みを」

「寛容と慈悲」

モルガーナが首を横に振りながら、切なそうに目を細めた。

「そんなもの、孤独の彼方《かなた》に置き忘れてしまった。いまさらどうやって」

「思い……出してほ……しい。私の罪は許されずとも……」

切れ切れの声で、ジャックが告げる。苦しげに胸を押さえて、彼は続けた。

「約……束だから、あと一人は……私の命で贖《あがな》……ってくれ。……彼らには……なんの罪もない……のだから」

言いながら、右手を上げてユウリを庇《かば》うような仕草《しぐさ》をした。

が、ほどなくその手が下に落ちる。指先から、ぱらぱらと形が失われていく。

「ジャック」

モルガーナが呼んだ。伸ばした手の向こうで、ジャックが微笑《ほほえ》んだ気がした。

「そ……して可哀相《かわいそう》な……グレン……ダ、今度こそ……僕といっ……しょに………」

声を最後まで聞くことはなかった。

長い年月を時に忘れ去られて生きてきた肉体は、死という現実に直面して再びこの時空に立ち戻ったとたん、砂のように消えてしまった。

「おお、ジャック」

モルガーナが顔を覆《おお》う。

「そなたは、誰を想うて生き永らえた?」

モルガーナの悲痛な叫びが、耳朶《じだ》を打つ。

「人の心はわからぬ」

「ジャックは、貴女《あなた》を愛していました。おそらくグレンダと結婚してからもずっと」

ユウリは、涙ぐみながら言った。

「だからこそ、彼は、よけいにグレンダを見殺しにはできなかったんだ」

「それでも、やはり妾《わらわ》を置いていった」

「仕方ないじゃありませんか。妖精と人間では、時の流れ方が違うのですから」

「仕方ない。仕方ないだと?」

モルガーナが燃えるような瞳《ひとみ》をユウリに据《す》えた。

「お前に何がわかる? 愛するものが自分の手をすり抜けて行ってしまう悲しみが。何度も何度も。今度こそはと願うのに、いつもみんな約束を破って帰ってしまう」

長い時間、取り残される者の苦しみは、ユウリにはわからない。自分の失言に恥じて下を向いたユウリは、そこに見いだしたものに目を瞠《みは》った。

「……本当の顔《ヴァールゲジフィト》」

ユウリは呟《つぶや》いた。

それからモルガーナに視線を戻す。

「モルガーナ。貴女《あなた》の心はもうグレンダを許しているじゃありませんか」

「妾《わらわ》の心のことなぞ、お前なんかに何故《なぜ》わかる」

腹立たしげに腰に手をあてたモルガーナに、ユウリは足元を指し示した。

そこには、横たえられた鏡の中でモルガーナと瓜二《うりふた》つの顔をした女性がかすかな愁《うれ》いと慈愛のこもった表情を浮かべて逆しまに立っている姿が映っていた。

水鏡に映るのは本当の顔《ヴァールゲジフィト》。

嫉妬《しっと》と怒りに支配されて残酷になったモルガーナの真の姿である『湖の貴婦人《ダームデュラック》』が、水鏡の中から事のいっさいを見守っていたのである。

ジャックが長い年月をかけて恋焦《こいこ》がれ続けた、美しき妖精の姿だ。

モルガーナは鏡の上に膝《ひざ》をつき、自分のあるべき姿を食い入るように見つめていた。

「これが、妾の姿」

指先が、近づいた自分の顔をなぞっていく。

「本当の私……」

長い沈黙があった。

やがて立ち上がったモルガーナは、岩の陰にぼんやりと座り込んでいるグレンダに目を向けた。あと一人という妖精《モルガーナ》の言葉が効力を発揮して、その場に縛《しば》りつけられていたのだろう。

「グレンダよ。お前の罪は、ジャックの命で贖《あがな》われた。彼とともに消えるがよい」

するとモルガーナが触れた頭から、グレンダの姿も原型を失い始める。ジャックの心臓を最後に、彼女の呪《のろ》いは解かれた。そして、彼女もやっと永遠の安らかな眠りにつこうとしていた。

「天主《サンクト》の御母《マリア》、聖マリア《メーテルダイ》……」

唱え慣れたラテン語の聖母賛歌が、無意識にユウリの口をついて出ていた。二人の哀れな魂を導くように、厳《おごそ》かに祈りの言葉を捧《ささ》げていく。

「罪びとなる我らのために《オラプロノビスペクアトリブス》、いまも臨終の時も祈り給え《ヌクエィノラモルティスノストゥラ》、アーメン」

結びの言葉を唱えた時、呪われた運命を背負わされた悲しき娘グレンダと流離《さすら》い続けた哀れなジャックの魂は、この世界からきれいに消え去っていた。

二人の魂を見送ったモルガーナが、柔らかくユウリに問いかける。

「そなた、ユウリと申すか？」

ユウリは驚いて頷《うなず》いた。シモンかアシュレイのどちらかが呼んだ名前を、記憶していたのだろう。

「良い名前じゃの」

モルガーナが密《ひそ》やかに笑う。そして前触れもなく暇《いとま》をつげた。

「いずれ、また会おうぞ、ユウリ」

モルガーナが消えていった後で、湖岸から風が吹き寄せた。どうやら妖精の退場とともに結界が解かれたらしい。

それはまるで、すべてを浄化する神の息吹《いぶき》のようだった。

シモンが駆け寄ってきて、岩の上に手を差し伸べる。

「怪我《けが》はないかい？」

腕を借りて岩場を下りながら、ユウリは頷《うなず》いた。

「心配かけてごめんね」

「そうだね。あんな思いは、二度とごめんだ」

シモンが真剣な口調でそう言った。

岸で待っていたアシュレイは、上がってきたユウリの頭を平手で叩《たた》いた。

「大馬鹿者。無謀《むぼう》な挑戦は命取りだぞ。覚えとけ」

その台詞《せりふ》をアシュレイにだけは言われたくないと思ったが、心配してくれた様子が伝わってきたので黙って頷《うなず》いた。

月はすでに大きく西に寄り、東の空がうっすらと明るくなりはじめていた。

三人は、湖を振り返る。

「終わったね」

やがてぽつんとユウリが呟《つぶや》いた。

終章

「サンダースの転校が決まった」

自習室で数学の問題集を開いていたユウリのところへ来たシモンは、隣の椅子《いす》にストッと腰かけてユウリの机に頬杖《ほおづえ》をついた。

ユウリは鉛筆を置いてシモンのほうに身体《からだ》を向ける。

「本人の希望で？」

「表向きはそうだね」

開いてあったユウリの問題集を指先でめくる様子からは、自分のもたらした報告に対する不満が表れている。

「それは？」

ユウリの問いかけに、シモンは淡々とした口調で答えた。

「情報を仕入れたハワードが、理事会にリークしたらしい。理事会が動いたのだよ」

ユウリが露骨《ろこつ》に眉《まゆ》をひそめる。

「どうして他寮のハワードが口出ししてくるわけ？」

シモンは問題集から手を離し、頭の後ろで両手を組んだ。

「選挙に勝つためだろうね、やっぱり」

「それって、グレイの評判を落とすための工作として、サンダースを利用したってこと？」

「そうだ《ウィ》」

つまらなそうなシモンの頷《うなず》き。

「それで理事会はどうしたの？」

「サンダースに自主退学を勧告した。推薦状を書くから転校しろと勧めたのさ。同性愛者のことが大っぴらになっては、学校の威信に傷がつくからだそうだ。ふざけていると思わないかい。ときどき僕は英国のくだらない因習が心底嫌《いや》になるよ」

憤《いきどお》りを隠さないシモンに、ユウリはふと不安な気持ちになる。

「シモン、もしかしてフランスに帰ろうとか考えている？」

恐る恐る訊《き》くと、シモンが曇りのない青い瞳《ひとみ》でじっとユウリを見た。

「正直、考えないでもなかったね」

それからおもむろにユウリを戸外へと誘《いざな》う。

「天気もいいし、ちょっと散歩でもしないかい？」

ユウリが頷《うなず》き、二人は連れ立って寮を出た。ボートハウスに近い見晴らしのよい木陰に置かれたベンチに腰かけて、話を再開する。

呪《のろ》われた名前のグレンダを湖で見送ってから、三日が過ぎていた。そのあいだに気温は上昇し、夏らしい風が吹くようになった。

「きっと君に会う前の僕だったら、間違いなくこんな道理の通らない場所は、早々に見限っていたと思うよ」

「僕に会う前？」

ユウリは、意味がわからずに首を傾《かし》げた。

「そうだよ。僕は幼い頃から、父親に自分の実力以上のことをするなと厳しく言われてきた」

シモンが言う。

「自己が確立していない者は、何をやっても中途半端に終わる。だから自己責任や自己管理能力を養い、何をするにも自分を基準とすることが大切だと教わってきた。そのせいだと思うのだけれど、僕は自分でもときどき恐ろしくなるほど、他人に対して冷淡なところがある」

「シモンが？」

ユウリは驚いて訊《き》き返《かえ》した。

「そうだよ。そうは見えないかい？」

「うん。見えない」

きっぱりと言い切ったユウリに、シモンは曖昧《あいまい》に笑った。

「それは、きっとユウリだからだな」

そんなことを呟《つぶや》いてから、続きを始めた。

「基本的に、他人の失敗は当人自身の責任だと思ってきた。当人が決めてやったことであれば、結果がどうなろうと諦《あきら》めるしかないと考えていたんだ。ヒューの時が、いい例だけど、僕はヒューの死は、本人の責任だと割り切って考えていた。ところが、君は、ヒューの死を自分の責任だと思っていたね。僕はびっくりしたよ。君が殺したわけでもないのに、なんで君の責任になるのかと。だけど見ているうちにわかったんだ。君はときどき、自分以上に他人を大切にすることがあるよね。すごいと思うよ」

「シモンだって、サンダースのことではずいぶん奔走《ほんそう》してたじゃないか」

ユウリが反論すると、シモンは小さく肩をすくめた。

「あれは、べつに自分を犠牲にしたわけでもないし、サンダースのためにというわけでもない。単に僕自身が学校のあり方について疑問を感じていたから、ああいうふうにふるまったにすぎないんだ。だけど君の場合は違う。君自身にはなんら不平も不満もない状況で、相手の不満や悲しみに同調して行動を起こすよね。しかもとっさの場合、身の危険すら顧みない。そしてそんな君を見ていると、はらはらさせられて僕はどうにも困ってしまうんだよ」

「ごめん、考えなしで」

ユウリの謝罪の文句に、シモンは首を振る。

「誤解している、ユウリ。僕は君の行動を責めているのじゃあない。むしろ尊重したいと思っている。そして僕は、生まれて初めて自分以外の人間を基準に物事を判断したんだ」

ユウリはどきりとした。まるでシモンがセント・ラファエロにいるのはユウリと離れたくないからだと言っているように聞こえたのだ。

自惚《うぬぼ》れもはなはだしい妄想にユウリは自嘲《じちょう》した。

そんなユウリの動揺も知らず、シモンが鮮やかな眩《まぶ》しい笑顔で宣言する。

「だから、心配しないでも僕は学校をやめたりしない。それにいま、僕がここを去ったら、アシュレイの思う壺《つぼ》だからねえ」

不本意そうに付け加えられた言葉に、ユウリは笑う。シモンが学校に残ると宣言してくれただけで、ユウリの気持ちはまるで夏の空のように軽くなった。

あとがき

初めまして、篠原美季《しのはらみき》と申します。第八回ホワイトハート大賞の優秀賞に選ばれてからはや半年。夢か現《うつつ》か幻《まぼろし》か。そんな恐怖にも似た思いで暮らしていたら、あっという間に、あとがきの段階にきていました。まあ、正直に言って、とても嬉《うれ》しいです。なにせ作家になることは、中学生の頃《ころ》からの夢でしたからねえ。「空に吸われし十五の心」が焦《こ》がれていた遠い憧憬《しょうけい》。それが今や目の前に降りてきたのです。小躍りせずにいられるわけがないでしょう。ああ、なんという感動。なんというHappiness。

しかし、こうやってじんわりとした喜びに浸《ひた》っている私のそばでは、雨が遠慮《えんりょ》会釈《えしゃく》もなく、ざあざあと降っている。なんだかなあ。もっとも、雨に会釈されてしまったら、それはそれで困るけど………。

さて、初めてのあとがきということで、内容についても触れておきたいことは多々あるのですが、やはりこの喜びを分かち合うべき大勢の方々へのお礼を優先させていただきたいと思います。あしからず。

まずは、両親。ちまたでパラサイト・シングルと、ほとんどウィルスのような扱いをされている不肖《ふしょう》の娘を、咎《とが》めることもせず好きにさせてくれていることに感謝しています。あらゆる意味で本当に不肖の娘ですが、ようやく生きる意義を見いだせたような感じです。

それと隣人のY子さん。夜中にうるさくしてごめんなさい。あなたの睡眠の深さには尊敬の念を抱いています。

私の夢にプロの立場から実現の可能性を示唆《しさ》してくださった偉大なるE・Aさん。どんな時でも前向きでパワフルな言動で私に元気を分けてくださった美しいエミリー・チャンさん。お祝いのカードにいつも心に響く言葉をのせて勇気を与えてくれる親友のA子。中学時代から夢を語り合ってきたMON（貴女《あなた》が当日に自分事のように賞の行方を気にしていてくれた心遣いは、忘れません）。今からサイン会を計画してくれている愉快《ゆかい》で陽気な大学の友人たち。小説をさまざまな角度から分析する楽しさを教えてくださった本の大好きなヴァッコスの皆様。他にも私が知り合った多くの方々へ。

私が艱難辛苦《かんなんしんく》を乗り越えてここまで頑張ってこられたのも、すべてみなさんとの関わり合いのおかげです。本当にありがとうございました。

そして何より、出会ってからまだ五年しか経《た》っていないにもかかわらず、私の一番苦しかった時期にそばにいてくれて、一生分の相談事を聞かされてしまっていい加減うんざりしているであろう我が心のアビャマンクル、もといアベマリア、マリ像様。最初の一歩を提示してくれ、なおかつ常に最初の読者である貴女《あなた》なくしては、この喜びはありえませんでした。言葉では言い尽くせないほど感謝しています。多謝《トーチェ》。

それから、担当のN氏にも多大なる感謝を捧げます。私のとめどもなく分裂していく思考に辛抱《しんぼう》強く付き合って的確な助言をくださったからこそ、この本は出来上がりました。今後ともどうぞよろしくお願いします。

また、挿絵《さしえ》を担当してくださるかわい千草《ちぐさ》さん、快くお仕事を引き受けてくださってありがとうございます。最初に人物のラフスケッチを見た時は、これぞプロフェッショナルと感動しました。表情や雰囲気を巧みに捉《とら》えるイラストは、今後とても楽しみです。どうぞ末永くお付き合いください。

さらに、私にチャンスを与えてくださった選考会の方々にも感謝を捧げます。本当に嬉《うれ》しい限りです。

最後になりましたが、この本を手にとって読んでくださった方々にも、心からの感謝を捧げたいと思います。お気に召した方、召さない方、とりどりだとは思いますが、どちらであれ、感想などお聞かせいただければ幸いです。

と、ここまで書いてきたところで、まだスペースに余裕があるということなので、作品が誕生した経緯《いきさつ》について、少し触れさせていただきます。

私は、ヨーロッパが好きです。アメリカやアジアよりも、ヨーロッパ。京都と比べるとちょっとだけ首をひねるのですが、まあ、それはいいでしょう。

もともと妖精や神話の世界が好きで、大学の卒論のテーマは、ずばり「ケルト人」でした。しかも比較社会学という範疇《はんちゅう》で、ほかの人がユダヤ人やアパルトヘイトなどの人種問題を取りあげている中、ＩＲＡではなく神話がメインという恐ろしい論文を提出したものです。どうして卒業できたのか、不思議でしょうがない。

それはともかく、そんな妖精や神話の世界に触れる謎《なぞ》めいた話を、現代のイギリス、それもパブリックスクールを舞台に書いたら、さぞかし幸せな気分になれるだろうという甘い考えで、この話はできあがりました。

結果はというと、中世のお姫さまに追っかけられる夢は見るし、悪魔が契約に来る夢は見るしで、えらい大変な日々を過ごしました。

それでもユウリやシモンには、もう少しおつきあい願いたいと思っています。

それでは、次回作でお目にかかれることを祈って――。

自宅にて、降る雨に耳を傾けながら

篠原美季《しのはらみき》　拝

ハート大賞発表！

第8回ホワイトハート大賞（'00年5月末締め切り）には、320編の応募がありました。審査を重ね、最終候補作品5編の中から、10月28日、先生方の熱心な選考の結果、以下のように賞を決定いたしました。

●選考委員　川又千秋／ひかわ玲子／夢枕　獏

大賞　賞状ならびに副賞100万円

該当作なし

優秀賞　賞状ならびに副賞80万円

英国妖異譚

篠原美季（神奈川県・30歳）

★英国の片田舎のパブリックスクールの寮。ユウリたちは日本の百物語を模した怪談大会を愉しんでいた。学校内の湖にまつわる血塗られた伝説が語られたとたん、〝異変〟は始まった。その夜、立ち入り禁止の霊廟で、生徒の一人は悪霊に取り憑かれ、一人は魔鏡の前で忽然と消えた。その名を呼ぶと、悲劇を招くという残酷な妖精とは？

第8回 ホワイト

★受賞のことば　門を叩け。されば、ひらかれん。そして叩き続けてはや数年。そろそろ手が痛くなってきたかなという頃になって、ようやく門はひらかれました。ほっと一安心です。とにもかくにも、ここまで支えてくれた人、諦めるなと応援してくれた人、そして選んでくださった方々、すべての人に感謝します。ありがとうございました。

佳作　賞状ならびに副賞50万円

ルドウィク

佐向　宰（東京都・22歳）

★レナモ共和国の下級貴族ルドウィクは自らの出生に悩んでいた。対立する別の貴族の家の宴に出席の帰途、彼は襲撃を受ける。命は取りとめたが、レナモ大僧院の僧侶に助け出された。知らずに国家中枢の権力闘争に巻き込まれていたのだ。政争のなか、父親殺しの汚名まできせられ、己の運命を切り拓くため、武器を手にした……。

★受賞のことば　「君の話が好きだ」と言ってくれる人がいたから、これまで頑張れました。感謝しています。このような賞をいただいたということがいまだに信じられません。選考に携わったすべての方々に御礼申し上げます。

最終候補作品

PANTHER　真由
鬼一口に……蝙蝠堂主人出張鑑定いたし〼　伊神貴世
ルドウィク　佐向　宰
聖夜に猫はおどる　彩木風友子
英国妖異譚　篠原美季

★ホワイトハート大賞は、ひきつづき、優秀な才能を求めて原稿募集中です。応募の方法は、ホワイトハート新刊の巻末をごらんください。

（賞金は税込みです。）

選評

●川又千秋 先生

粒揃い……ではあるものの、決定力不足が否めない。最終選考に残った五編は、いずれも、アイデアや語り口に、それなりの魅力を秘めながら、肝心の魅力を膨らまし切れていないもどかしさを感じさせた。

その代表と言えるのが『鬼一口に……』で、舞台に選んだ時代背景や人物を、もう少し小説的リアリティを備えた表現として提供できていれば、大変な秀作に仕上がっていたかもしれない。『PANTHER』『聖夜に猫はおどる』の二作にも、類似の不満が残った。

探偵に不可欠なのは、やはり、折々、さりげなく披露してみせる、人生観に裏打ちされた決め文句のセンスなのだ。

佳作に選ばれた『ルドウィク』は、語りの滑らかさが光った。確かに、この作品は、ひとつの物語世界として完結している。ただ、その完結性が、逆に世界を封じているようにも思える。これを、ひとつの種子として、より豊かな仮構性の創造へ乗り出してもらいたいものである。

残念ながら大賞には届かなかったが、優秀賞に輝いた『英国妖異譚』は、なかなかに手慣れた印象の作品。ホラーの定石をふんだんに駆使し、雰囲気を盛り上げている。が……いかんせん、ドラマの足元が弱い。『ルドウィク』が、物語らしい物語に留まっているのと同様、ドラマがドラマとしてしか展開しない恨みがある。小説には、背後に、もうひとつ、世界（宇宙）が必要なのだ。

●ひかわ玲子 先生

今回、最終選考にまで残った五編は、もう少し丁寧に細部が描かれていれば、どれも大賞を取れる可能性は持っていたと思う。が、結果としては大賞は出なかった。世界観とキャラクター性の確立についてはどの作品もある程度の水準を持っていたのだが、作品を支えるリアリティの演出の段階で、「調べて書く」という作品世界への愛情が足りなかった結果ではないか、と思われる。投稿される作品の水準は年々、上がってきているので、賞に残ってデビューを目指すなら、そうした努力も必要になってきている。

第8回 ホワイトハート大賞発表!

優秀賞『英国妖異譚』は、英国のパブリック・スクールでの幽霊譚という、よく書かれそうでいて実はあまり小説では書かれることが珍しい着想が面白かった。濃厚な少女漫画色が読者を選んでしまうかも、とは思うものの、細部はよく書かれていた。『ルドウィク』は世界の設定に幾つか難点は感じられたものの、物語のテーマは一貫していたのが好ましく感じられた。『鬼一口に……』の作者は筆力はあるが、その筆力をもっと独自の世界を作ることに費やすべきだ。『聖夜に猫はおどる』は、ミステリーを書くなら、トリックはもっと丁寧に用意すべきでは。西海岸という舞台にも読者の感情移入を誘うだけのリアリティがなかった。『PANTHER』は、キャラクターはよく描けていると思うが、ハードボイルドという小道具、大事な世界についての知識不足が目立ったのが残念だった。

●夢枕　獏　先生

『英国妖異譚』今回一番マイナスポイントが少なかった作品。ここまできちんと直球を投げたことを評価したい。後半、具体的なかたちで妖精を出さずに、あくまで幽霊話をメインとして勝負できないものか。ユウリが日本通である理由をきちんと設定すること。できれば、舞台となった場所の地名などをきちんと記した方が、たとえそれがでっちあげの地名にしろ、よいのではないかと思う。

『PANTHER』話のつごうがよすぎる。擬音、ぽっかり、ぽつり、ゆらゆら、ぎぎ、かたり、ぱさぱさ、がちゃがちゃ。わずか二枚の中にここまで使ってはいけません。文章を勉強すべし。

『聖夜に猫はおどる』フィリップが好きになる、リズの魅力がいまひとつわからない。結婚式の出席者に、演劇をやってる若者たちを使うなんて、すぐにバレるに決まってます。

『ルドウィク』異世界ファンタジーを書くには、よほどの覚悟がないといけません。貴族のルドウィクが使う中学生言葉、よくないです。

『鬼一口に……』鬼の食事に、深大寺が協力する意味がありません。時代が書けていません。

　今回は、大賞にしたいと思う作品がありませんでした。もっと腹をくくって原稿を書いてほしいと思います。どうしてもこの作品を書きたい、あるいはなんとしてもプロになりたい、そういう心意気が感じられる作品がなかったのが残念です。

第8回ホワイトハート大賞《優秀賞》の『英国妖異譚』は、いかがでしたか?

作者の篠原美季先生に、みなさまのご感想、励ましのお便りをお寄せください。

イラストのかわい千草先生は、コミックス『エスペランサ①〜⑤』(新書館)が発売中です。応援のお便りをお寄せください。

篠原美季先生へのファンレターのあて先
〒112-8001 東京都文京区音羽2-12-21 講談社 X文庫「篠原美季先生」係

かわい千草先生へのファンレターのあて先
〒112-8001 東京都文京区音羽2-12-21 講談社 X文庫「かわい千草先生」係

N.D.C.913　268p　15cm

篠原美季（しのはら・みき）
4月9日生まれ、B型。明治学院大学社会学部社会学科卒。横浜市在住。出かける時は本を2冊は持って出るタイプ（単に優柔不断なのか）。特技はタロット占い。怖がりなのにオカルト大好きで、夜中にしょっちゅう唸っている。

講談社X文庫

white heart

英国妖異譚《えいこくようい たん》
篠原美季《しのはらみき》
●
2001年7月5日　第1刷発行
2005年8月5日　第9刷発行
定価はカバーに表示してあります。

発行者――野間佐和子
発行所――株式会社　講談社
東京都文京区音羽2-12-21　〒112-8001
電話　編集部　03-5395-3507
販売部　03-5395-5817
業務部　03-5395-3615
本文印刷―豊国印刷株式会社
製本―――株式会社若林製本工場
カバー印刷―信毎書籍印刷株式会社
デザイン―山口　馨

ISBN4-06-255558-1